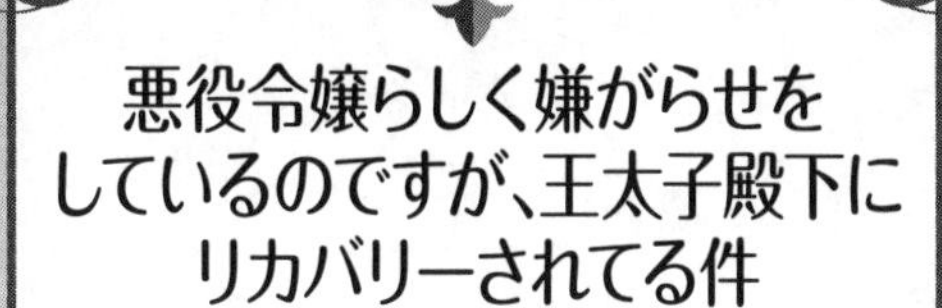

悪役令嬢らしく嫌がらせをしているのですが、王太子殿下にリカバリーされてる件

新山さゆり
Sayuri Niiyama

Regina

レジーナ文庫

志岐森美琴
家族に虐待されるなど
悲しい過去を持つ少女。
死後、乙女ゲームの世界に
転生する。
エルフィン
乙女ゲームの攻略対象
である王太子。
ユフィリアの思いに反して
彼女の破滅フラグを折る
行動をしまくる。
ユフィリア
美琴が乙女ゲームの
悪役令嬢に転生した姿。
エルフィンと乙女ゲームの
ヒロインを結びつけるため
自ら破滅ルート邁進中。
登場人物紹介
MAIN CHARACTER

志岐森琉生（しきもりるい）
美琴の弟。
美琴とはほぼ接点がなかったが……
シグルド
エルフィンの幼馴染（おさななじ）み。
立派な騎士になるべく
日夜励む脳筋。
セルシオンレクトス
魔術師団の若きエース。
父である魔術師団長の奔放さに
苦労している。
ルティウス
ユフィリアの弟。
攻略対象の一人で、
シスコン。

目次

悪役令嬢らしく嫌がらせをしているのですが、王太子殿下にリカバリーされてる件　7

番外編
今度は一緒に　307

書き下ろし番外編
フクロウ精霊ミラの『今日のトラブル』日記
～策を労さずとも、破滅フラグは勝手に折れていくものらしい～　329

悪役令嬢らしく嫌がらせをしているのですが、王太子殿下にリカバリーされてる件

プロローグ

「私」は誰――？

体中に激痛が走り、私はその痛みに小さく呻(うめ)き声をあげた。

朦朧(もうろう)とする意識をかき集め、なんとか目を開けたものの、視界がぼやけてよく見えない。

ここ、どこだろう……

自分のいる場所を確かめようと目をこらすと、不意にズキッと頭が痛み意識が遠のきそうになる。

熱を持ってじくじくと疼(うず)くこめかみから、体中に「なにか」が巡り、暴れ回っているような感覚に苦鳴(くめい)が洩(も)れた。同時に体が凄く熱い。

苦しいっ、誰か助けて――

暗闇の中から光へ戻ろうともがいた私は、誰も掴(つか)んでくれるはずがないと分かっているのに、救いを求めて手を伸ばす。

　すると、私の手を「誰か」がぎゅっと握(にぎ)りしめた。

　誰か……いるの？

「――っ!!」

　その「誰か」が必死に叫ぶ声が聞こえる。

　助けなんて来ないと思っていたのに、その手、その声からは、なにがなんでも私を救おうとする意思を感じた。

　必死になって私を繋(つな)ぎとめようとする叫びに、「この人なら信じられる」という思いが湧きあがる。私はその力強い手にすがりついた。

　手の主が、またなにかを叫んでいる。

「――だ、――から!!」

　なに？　なにを言っているの……？

　荒い息を吐きながら、どうにか意識を集中し、その声に耳を傾(かたむ)けた。

「――しっかりしろ！　大丈夫だ、私がお前を助けるから！」

「誰か」の声がはっきりと耳に届くと同時に、私の手から「誰か」の手へ「なにか」が流れだしていく。

すると、だんだん体が楽になり、徐々に視界が鮮明になっていった。

視線だけを動かし、私を見つめる「誰か」のぼんやりとした輪郭（りんかく）を確かめる。

……小さな、男の子？　変だな。なんだか見覚えがあるような、ないような……

間違いなく初めて会うのに、おぼろげにしか見えない「誰か」に何故か既視感を覚える。

不思議に思って見つめていたからか、彼がほっとした様子で微笑（ほほえ）んだ。

「よかった……ユフィリア」

ユフィリア？　誰の名前……？

その名前にも聞き覚えがある。どこで聞いたのか必死に思い出そうとしていると、重要なことに気づいた。

そういえば、私の名前ってなんだっけ――

未だに疼（うず）くこめかみに眉をひそめながら必死に考える。そんな私の額（ひたい）に男の子が手をあて囁（ささや）いた。

「無理に考えようとするな。今はとにかく、ゆっくりと休め」

彼の手からひんやりとした気が伝わってきて気持ちいい。

なにより、私を労（いたわ）るその声が耳に心地よくて、私は訪れた眠気に抗（あらが）うことなく、ゆっくりと意識を沈めていった。

第一章　前世を思い出しました

——憎々しげに私を見下ろす男がいる。

その鋭い視線に恐怖を感じた。

「お前みたいな疫病神（やくびょうがみ）、とっととでていけ！」

散々に暴力を振るわれ、そんな捨て台詞（ぜりふ）と共に私は家を放りだされた。

ずきずきと痛む体を引き摺（ず）りながら、あてもなく街を歩く。

今日はいつになく機嫌が悪かったな……

まあ、あの人たちが私の前で機嫌がよかったことなんてないけど。

アスファルトの道路、高層ビルや電線、街灯、自転車に自動車。全てが灰色に映る風景を歩く。

志岐森美琴（しきもりみこと）——それが私の名前だ。

私が生まれた家は、代々続く地元の旧家で裕福だった。

でも、それを誇れたことなど一度もない。むしろ、生まれてこなければよかったとさえ思う。

何故かというと、たぶん間違いなく、私は誰からも祝福されることのない存在だからだ。父親には、『お前のような疫病神が私の娘を名乗るな』と顔を合わせるたびに言われ、暴力を振るわれた。

こういう時、普通は母親が庇ってくれるものなのかもしれないけど、私の母はそうじゃなかった。

『なんで女なのよ？　私はあの人似の息子が欲しかったのに。そうすればあんな女……！』なんて言葉と共に父と一緒になって暴力を振るってくる。

母がどうしてこんなことを口にするのかというと、彼女は父の愛人だからである。

母は見目がいいので、元々はモデル活動をしており、たまたま仕事先で父に見初められたらしい。

物語なんかだと、「運命的な出会い」とか言われる場面だっただろう――父が既婚者でなかったならば。

父は自分の妻が二人目の子を身ごもっている時に母と関係を持った。そのため、母は正妻から目の敵にされている。

ちなみに、正妻の子供は二人とも女の子だった。

母からすれば、この時跡継ぎである男の子を産めていれば、自分が正妻に取って代われると考えたのだろう。そして、父の愛を独り占めできるとも。

ところが母の願いも虚しく、生まれた私は女だった。そして残酷なことに、そのあと母は大病を患い二度と子供は望めない体になってしまったのだ。

そこに追い討ちをかけるように、正妻が三人目を身ごもる。生まれたのは、父にとっても正妻にとっても待望の跡継ぎ——長男だった。

母は用済みもいいところだ。むしろ、ほんの遊びのつもりが本気になられた父にとっては、厄介者以外の何者でもない。ましてや、そんな女との子供に愛情を持てるはずがなかった。

腹違いの姉二人も私の存在が気にくわなかったらしい。彼女たちは、私が視界に入るだけで嫌悪の眼差しを向け、暴力を振るう。弟だけは年が離れていたのもあって、遠巻きにするだけだったが。

そんな環境なのだから、私に対する使用人の目だってもちろん冷たい。

なにせ、主人とその子供たちが率先して嫌がらせをしているのだ。

ストレス発散とばかりに、食事を抜かれるのは当たり前、時にはわざと失敗した料理をだされる。

自分たちがサボった仕事を押しつけてくるのなんて日常茶飯事だった。

近所の人も『あの子供を庇うと不幸になる』とでも思っているのか、私に助けの手を差し伸べてくれることはない。

いつもお腹を空かせガリガリで、ほつれだらけの服を着ていた私は、学校でもイジメの対象だ。

水をかけられたり、トイレに閉じ込められたり、教科書を破かれたり、机に落書きされたり。子供が考えつくイジメはあらかた経験した。

教師に相談しても、『だらしのない格好をしているから目をつけられるんだ』と相手にしてもらえなかった。

だから、私は親を含め周囲になにも期待していなかった。できなくなった、が正しいかもしれないけど。

そんなある日のこと。

中学校から帰宅すると、殊更、機嫌が悪かった父と正妻に言いがかりをつけられた。

いつも以上に痛めつけられ、家の敷地から追いだされたのだ。

仕方がないので、彼らが寝静まった頃にでも戻ろうと薄暗くなり始めた街をあてもなくさまよい、時間を潰(つぶ)す。

すれ違う人たちから向けられる白い目を無視して私は歩き続けた。

そうして交差点に着く。信号が赤になり、私はぼんやりと立ち止まって青に変わるのを待っていた。

すると、突然後ろで誰かが叫ぶ。

「危ない、美琴！」

なんだか聞き覚えのある声だなと思ったのと同時に、大型トラックが猛スピードで自分に迫っていることに気づく。

「っ!!」

避(さ)けられない――

トラックのクラクションが鳴り響いた次の瞬間、体に強い衝撃を感じ、私の意識はそこで途切(とぎ)れた。

――瞼(まぶた)越しに感じる眩(まぶ)しい光に、私は目を開いた。

その刺激に思わず顔をしかめながら、ゆっくりと体を起こす。なんだかこめかみが痛い。

あれ？　私、トラックにひかれたんじゃ……

死んだと思ったけど、どうやらしぶとく生き長らえてしまったようだ。

いっそ死んでしまえたら楽だったのにと思い、私はふっと自嘲的に笑う。

そういえば、トラックに突っ込まれる直前、誰かが私を呼んでいたような気がしたけど、きっと気のせいだよね。

だってその声、いつもいじわるをしてきた二歳上の姉に似てたし。

そこまで考えたところで、私はふと頭をあげた。

すると、見たこともない豪華な部屋が目に映る。

ここは……？

私は呆然としながら、ぐるりと室内を見回した。まるで、以前本で見たヨーロッパ貴族のお屋敷みたいだ。

夢でも見ているのだろうかと思いながら、ふと部屋の窓に目を向けた。

「えっ！」

そこには、自分とは似ても似つかない小さくて儚げな女の子が映っている。

頭に包帯が巻かれた痛々しい姿ではあるが、腰まである水色がかった銀髪と、薄いオレンジ色のぱっちりとした瞳が印象的な美少女だ。年は四、五歳くらいだろうか。

だ、誰？

驚きのあまり口元に手をあてると、窓に映る女の子も同様の仕草をした。

こ、これ、もしかして私なの⁉

驚きと共にじいっと眺（なが）めると、またしても女の子が同じ行動をする。その姿はたしかに私ではないのに、どういうわけか見覚えがあった。

なんだかこの子、以前プレイした乙女ゲームの登場人物に似ているような。

そこまで考えた私は、ある一つの可能性に辿り着いた。

もしかして、これって私が好きなラノベやゲームのテンプレ――「異世界転生」というやつなんじゃ……

トラックにひかれて意識を失ったあと、こめかみが痛くて一度意識が戻ったことも思い出す。

その時、小さな男の子からユフィリアって呼ばれたような……

ユフィリアって名前、聞いたことがある。

どこでその名前を聞いたのか必死に記憶を呼び起こそうとするけれど、頭の中に霞（かすみ）がかかり上手く思い出せない。

その代わり、何故か自分が今いる世界の基本的な知識が次々と頭の中に浮かんだのだった。

この世界は「美琴」が生きてきた世界における「科学」なんてものはなくて、もちろんビルや車も存在しない。文明レベルはそんなに高くないけれど、「魔法」や精霊や妖精といった「人を超越した存在」がいる。

精霊や妖精から、力を借りることで様々な現象を起こせる人もいて、そんな彼らが持つ「精霊術」は特にレアな能力だ。

また、王家や貴族など、特権階級の中には魔力を操る人間が多い。稀に平民の中にも魔力を持つ者が生まれる。

しかし国の保護が行き届かない辺境などでは、その能力を制御できず暴走させることがほとんどで、子供は忌み児とされ、教会に押しつけられるか、適当な場所に捨てられた。

人々の生活を脅かす魔物や魔族も存在し、それらのものから街や市民を護り、治安を維持する組織――騎士団なんかもある。

そんな、この世界の基礎的な情報が頭に浮かんだ。けれど、肝心な自分のことに関してはほとんど分からない。

私は必死で自分について思い出そうとして、背筋が冷たくなった。

なんだろう、この感じ……。何故かは知らないけど、思い出すのが怖い——

美琴のことはいくらでも思い出せるのだから、彼女が私の前世なのだろう。けれど、今世（いま）の自分が誰なのか、どうして傷だらけなのかがはっきり分からない。

思い出そうとすればするほど、恐怖に身がすくむ。まるで、そこから先を思い出すのを心が拒んでいるようだ。

「もう起きても大丈夫なのか？」

他にもなにか思い出せないか頭を捻（ひね）っていると、扉が開く音と共に、意識を失う前に聞こえた男の子の声が部屋に響いた。

声のした方を見ると、窓に映る私の姿とそう変わらない年頃の男の子が、腕に抱えていた書類の束を近くのテーブルに置き、こちらにやってくるところだった。

彼がノックをしなかったのは、私が起きているとは思わなかったからだろう。

男の子はベッドの側までやってくると、心配そうな表情で私の額（ひたい）に手を伸ばした。

しかしその瞬間、前世で暴力を振るわれていた記憶がよみがえり、びくっと体が震えてしまう。

「っ！」

「あ……すまない。不躾（ぶしつけ）だったな。熱がないか確認したかっただけなんだ。先ほど確認した時はまだ微熱があったからな」

私の態度に気を悪くすることはなく、その子は申し訳なさげに突然手を伸ばしてきた理由を話した。

「い、いえ……」

さっき、ということは、彼は眠っている私の容態を診（み）に来てくれたのだろうか。

もしかして、私の目が覚めるまでずっと側にいてくれたのかな……

私は恐々（こわごわ）と首を横に振り、そっと彼に目を向けた。

輝くような金色の髪と明るいオレンジ色の瞳をしたきれいな男の子だ。肩にかかるくらいのやわらかな髪を、うなじあたりで纏（まと）め、リボンで結（ゆ）っている。

――あれ？　なんだかこの子、見覚えがある？　今世（いま）のことはほとんど思い出せないのだから、前世で会ったことがあるのかな……

「――い、おい、大丈夫か？」

「――っ！　あ、ごめんなさい」

自分を凝視したまま反応しなくなった私の顔を彼は覗（のぞ）き込む。私ははっと我に返った。

「いや、あれだけのことをされたんだ。不安定になってしまうのも仕方がないだろう」

「え？」

あれだけのことって、なんの話？

「ああ、心配するな。我がストランディスタ王家で保護すると決めた以上、お前の父親がどれだけ騒ごうが、ハルディオン公爵家へ帰すことはしない」

彼の言葉を聞いて、私はピシリと体を硬直させた。

待って。

……今、ストランディスタ王家って言った？

その名前、聞き覚えがあるよ⁉　主に前世で！

まさか目の前の男の子――いやいや、目の前の方は……

そこまで考えて、私はゆっくりと首を横に振った。

いや、この男の子のことはとりあえず置いておこう。想像どおりだったらいろいろな意味で怖すぎる。

というか、私の父親の家名がハルディオンで、爵位は公爵⁉　ユフィリアって名前と「ハルディオン」という家名といえば、やっぱり……

私は心の中でぶんぶんと手を振った。

いやいや、まさか……

認めたくはない現実に混乱している私をよそに、目の前の男の子は話し続ける。

「そういえば、まだ名乗っていなかったな。私の名はエルフィン。エルフィン・カイセル・ストランディスタだ」

彼の名前を聞いて、私は凍りついた。

「どうした？　やっぱりまだ気分が悪いか？」

気遣わしげに話しかけてくる彼の声に返答する余裕など、私にはない。

エルフィン・カイセル・ストランディスタといえば、乙女ゲーム『スピリチュアル・シンフォニー　～宝珠(ほうじゅ)の神子(みこ)は真実の愛を知る～』にでてくる攻略対象の王太子殿下の名前だ。

そして悪行の限りを尽くして断罪される悪役令嬢の名前が「ユフィリア・ラピス・ハルディオン」。

ってことは、転生は転生でも乙女ゲームの世界に転生しちゃったってこと!?

まさかの自分の状況に、私はまた気を失いたくなったのだった。

「――大丈夫か？　すまない、もう少し配慮した名乗り方をすべきだったな」

彼――エルフィン王太子殿下は、彼の名前を聞いて私が固まったのを、自分が王族だったせいだと思ったようだ。気遣わしげな表情になる。

エルフィン・カイセル・ストランディスタは、私が転生したらしい乙女ゲームの世界――フェアリティアにある大国、ストランディスタ王国の王位継承権第一位の王子だ。

そしてその乙女ゲームの攻略対象者の一人でもある。

「ああ、もしかして緊張しているのか？　その必要はないぞ」

エルフィン殿下はそう口にすると、心配そうに私を見つめてくる。

その言葉に、私は気がつく。「知らなかったんです」ではすまされない態度を王太子殿下へ取っていることに。

「前世の記憶にも、転生先がお気に入りの乙女ゲームの悪役令嬢になった現実にも、本当にビックリしたとはいえ、王族から声をかけられて返事もしないなんて。不敬も甚だしいよ……！　曲がりなりにもユフィリアは公爵令嬢なのに、それに相応しい態度とは言えないっ！」

思いあまってばっと自分の顔を両手で覆う。

「そこまで悲壮な顔をしなくても、幼い子供に厳罰など与えないぞ？」

軽くパニック状態の私は、殿下と会話していることになんの疑問も抱かず、思いを駄々漏れにし続ける。

「外見は今の私と同じくらいに見えるんだけど……大人対応すぎない？　殿下」

「つい先日五歳になったばかりなんだが……そう言われると面映ゆいものがあるな」

そう言って殿下はうっすらと染めた頬を、指先で軽く掻いた。

「ということは、私も五歳ってこと？　たしかゲームではユフィリアと殿下って同い歳だったもんね。って、いやいや、気にするのはそこじゃないよ！　照れている場合ではないです、殿下！　むしろ、末恐ろしいと周囲に警戒されるレベルですよ……！」

私はぐいっと顔をあげて、前のめりになりながら主張した。

「そうか？」

「そうです！『出る杭は打たれる』と言いますし、幼い頃から優秀すぎても不幸しかありません」

「そう、だな」

私の勢いに押された殿下は、少し後ずさりをして頷く。

「そうでなくても、ゲーム内で殿下は稀少な光属性の魔力を持つ平民育ちのヒロインと仲よくなり、それを妬んだ婚約者のユフィリアが、ヒロインに嫌がらせをしまくるのです。そのせいで、エルフィン殿下も被害をこうむり、学院でもご苦労されるのに……！」

「ふむ、話が長くなりそうだな。先に喉を潤した方がいいぞ、ユフィリア」

殿下はそう言って、早口で呟き続ける私に紅茶の入ったティーカップを差しだした。

「あ。ありがとうございます、殿下」

それを受け取って口に含み、ほっと一息ついたところで、私はぴしり、と固まった。

今、「緩んだ顔のまま固まる」という、奇妙な面相をしている自覚はある。

あれ？　私、殿下に名乗ったかな。ううん、名乗ってないよね？

よくよく考えると殿下から名前を呼ばれたのって、今が初めてじゃない。記憶違いじゃなければ、意識が朦朧としていた時も呼ばれていた。

私が自分の名前を認識したのって、殿下に呼ばれたからだし。

彼と会話を交わした記憶なんてないから、殿下があらかじめ知っていたとしか考えられない。

何故、彼は私の名前を知っているのだろう。

「あの……私、殿下にお名前をお教えした記憶がないのですが……」

「ああ、それは、傷ついたお前を私のもとに連れてきた奴が、言い置いていったんだ。『この子はハルディオン公爵家のユフィリア。お願い、彼女を助けて。あなたにしか頼めない』となし

「私を？　誰が？」

頭の中に大量の疑問符を浮かべる私に、今度は殿下がぐいっと距離を縮める。

「まあ、その話は追々するとして。先にお前が言っていたことで、聞かなければならないことがあるんだ」

「え？　私、なにか話していました？」

「気がついていなかったのか？　お前、私が名乗ったあたりからブツブツと小声でなにやら呟いていたぞ？」

「っ！」

殿下の言葉に、私は大きく目を見開き頭を抱えた。

まさかうっかり声にだしていたとは。

いつも一人ぼっちだったから、ゲームや本の感想を一人で呟いていたけれど、今世でもその癖がでてしまうなんて思いもしなかった！

……と、いうことは。

私は、内心だらだらと冷や汗を掻いた。

そして油の切れた機械のように、ぎぎぎ、とぎこちない動作で顔をあげる。

「できれば詳しく聞かせてもらいたいな？　お前が今言っていた『げーむ』だとか、『悪役令嬢』とかの部分を特に、な？」

顔は微笑(ほほえ)んでいるはずなのに、まったく笑っていない殿下の目が「素直にキリキリ吐け」と無言の圧力を放っている。

わあ。殿下、私と同い歳のはずなのにその歳で威圧感、半端ないですね！

美形はなにをしていても絵になるって、場違いな感想を抱いている場合でもないよね!?

このまま隠し通すのは、いろいろな意味でやばいかもしれないと思ったため、私は前世の記憶について素直に話すことにした。

この流れだとゲームの話もしなければならなそうなのだけど……


「――ふむ。『前世の記憶』か」

「あの、信じてくださるのですか？」

殿下は、想像とは異なり、すんなりと私の話を受け入れてくれた。

その様子に、私は目を瞬(しばた)かせる。

「ああ。お前が嘘をつく意味がないからな。ハルディオン公爵の企(たくら)みでもなさそうだ。

そもそもハルディオン公爵家に娘がいるという事実も国には報告されていなかったから、

お前についてはかなり綿密に調べさせてもらったぞ」

「えっ⁉　調べたって……」

一体なにを調査したというのか、聞くのが少し怖い。

それに、ハルディオン公爵に娘がいることが公になっていないって、どういうこと⁉

たしか乙女ゲームの中の「ユフィリア」は溺愛されていたはずなのに。

「保護した時のお前の状態があまりに酷かったため、なにかあったのかもと私の手の者に調べさせた。……だが、そうか。『前世の記憶』がよみがえったお陰で、今こうして会話が成立しているというわけか」

「え？」

あっさり信じてもらえたのはよかったけれど、さっきから殿下の言葉はいろいろと引っかかる……。

最後の一言は、独り言のようにぼそぼそ言っていたせいで、よく聞こえなかったけれど。

「あの、殿下」

「ん？」

考え込むように下を見ている殿下に、私はそっと声をかけた。

すると殿下は、不思議そうな表情で私に目を向ける。

「私、どれくらい眠っていたのでしょうか？　一度、ぼんやりと目が覚めたのですが、また眠ってしまったみたいだったので……」

「ああ。そこは覚えているのか。そうだな、大体二、三日といったところだ」

二、三日……それくらいの間、私は夢現な状態にいたんだ。

美琴の時に読んだ小説なんかだと、前世を思い出した際、その記憶が馴染むのにそのくらい熱をだして寝込むことが多い。私も同じようなパターンなのだろう。

体が凄く熱かったのはおぼろげだけど覚えているし。

「それにしても……お前の前世とやらも大概だな。お前の家族の行動は、同じ人間の所業とは思えないぞ」

美琴の境遇を聞いて、憤る殿下に私は苦笑を向ける。

嬉しさ半分、前世でもこうして味方してくれる人が欲しかったな、という物悲しい気持ちが半分といったところだ。

「……前世の父にとって、母との関係は火遊びだったのでしょうね。ところが、母が本気になってしまった。仕方なく付き合い続けていたら妊娠、ということなのでしょう」

もし私が跡継ぎになれる男だったら、父も私や母に対する態度を変えていたのかもしれない。まあ、正妻には疎まれただろうけど。

「腹違いの姉たちからも嫌がらせをされていたんだったか」

「ええ。でも、お互い子供でしたから、大したことはされませんでしたけど」

辛い気持ちを隠し、私は無理やり作った笑顔を殿下に向ける。

「そうは言っても、幼いお前には辛いものだったろう」

しかし、殿下は隠したつもりの気持ちに気づき、私に気遣わしげな視線を寄こした。

「……そうですね。特に下の姉はあまり優秀ではなかったみたいで、よく正妻に説教されていたようです。そんな日は決まって私のところにやってきては、憂さ晴らしをしていました」

「八つ当たりも甚だしいな。成績が悪いのは、自分の努力が足りないせいだろうに」

なにか考えている様子だったエルフィン殿下は、そこで言葉を切る。そして、紅茶を少しだけ飲んで再び口を開いた。

「――それで、さっき言っていた『ゲーム』というのはなんのことなんだ？」

興味津々といった様子で尋ねてくる殿下に、私は『ゲーム』について軽く説明する。

「――なるほどな。お前の前世とやらの世界はなかなかに面白そうだ。で、我が国とその『ゲーム』とやらの話はどう繋がるんだ？」

理解の早い殿下に促されて、私は説明を続ける。

「えっと……私の前世では『乙女ゲーム』というものがありまして、これはプレイヤーがヒロインを動かし、ゲームにでてくる登場人物と擬似的な恋愛を楽しむものなんです」

「お前は、この世界はその『乙女ゲーム』の世界と同じだと言っていたな？」

「はい。これも前世の知識なのですが……小説なんかによくあるんです。乙女ゲームの世界に人が転生する話が」

あごに手をあてながら、殿下がちらっと私に目を向ける。

「お前の場合がそれだと？」

「そうでなければ、ここまであのゲームとこの世界の情報が一致する理由がないんです。まあ、あくまで酷似しているというだけで、全てが一緒ではないでしょうが……」

私は自分の考えを殿下に伝え神妙に頷(うなず)いた。

似た世界だからといって、ゲームとまったく同じとは限らない。これも小説でよく読んだパターンである。

しかし、ゲームのシナリオに世界が添おうとする拘束力は働くだろう。ならば、この世界はあの乙女ゲームの物語と同じような運命を辿る可能性が高い。

ちなみに、前世で虐待をされていた私にゲームをプレイした経験が何故あるかというと、上の姉が自分がやり込んだゲームをしょっちゅう私に投げつけてきたからだ。『あんたの目に触れたものなんて、もういらない』ということらしい。

投げつけられるのは悲しかったが、そんなことでもなければゲームなんてやれない私は、内心、かなり嬉しかったのを覚えている。

あの両親は私に物を買い与えることなんてなかったから。小説なんかも同じ理由だ。

彼女の好みは私と似ていたらしく、そんなふうに手に入れたものに私は大抵夢中になった。

不思議なことに、時には明らかに新品のものがまざっていることがあって、そんな日はあまりの嬉しさに震えたものだ。


さて、前世で唯一嬉しかった思い出を反芻（はんすう）するのをやめて、私は中断していた説明を再び始めた。

「――この世界と似ているその乙女ゲームは、『スピリチュアル・シンフォニー　～宝珠（ほうじゅ）の神子（みこ）は真実の愛を知る～』と言いまして、この国にある『シンフォニウム魔法学院』が舞台なんです。とある理由から学院に特別に入学を許可された平民出身のヒロインが、そこで出会う攻略対象者たちと恋に落ちて、様々な試練を乗り越えて結ばれるまでが、そのストーリーになります」

ゲームの基本的な説明を聞いた殿下は、得心がいったように小さく頷く。

「その攻略対象の中に私も入っているんだな」

「あ、はい。殿下は一番人気かつ、攻略が最も難しかったはず、です」

「ふぅん。普通、シンフォニウム魔法学院に通う歳ともなると、王族や貴族には婚約者がいるのが当たり前だが……まさか、その相手から奪い取る話なのか？」

そう言うと、殿下は首をかしげながら私に視線を向けた。

「まあ、それが『乙女ゲーム』の定番なので……。ですが、『スピ愛』――あ、さっきのゲームの略称ですが、そこでは婚約者がいるのは殿下だけでした」

「そうだったか。で、そのヒロインとやらと私はどういった関わりを持つんだ？　先ほどの話を聞く限りだと、お前もでてくるようだが」

う。やっぱり自分が関係している、と言われれば気になるよね。

殿下の鋭い質問に、私は思わずぐっと言葉を詰まらせる。

でも、ここで答えないとあとが怖そうだしな……

ひとまずは殿下のルートだけを話そうと、私は殿下に向き直った。

攻略難易度の最も高い攻略対象者、エルフィン・カイセル・ストランディスタ王太子殿下。

彼はこのストランディスタ王国の建国に携(たずさ)わったとされる始祖竜(エンシェントドラゴン)の血を受け継ぐ王家の、王位継承権第一位の王子――つまり次期国王だ。

魔力を持ち、その適性は氷。これはかの竜もそうだった。エルフィン殿下は始祖竜(エンシェントドラゴン)の再来といわれるほど、その血の力が強く現れているらしい。

幼い頃から才能豊かで、精神的な成長が速く、つけられた教師たちをあっという間に追い越してしまう。

そんなエルフィン殿下に周囲の者たちは「異質なモノ」を見る目を向けた。そのせいで彼は心を閉ざし孤立するのだった。

そんな中、七歳になった殿下はある令嬢と出会う。

それが、私――悪役令嬢の「ユフィリア・ラピス・ハルディオン」だ。

当時から蝶よ花よと親に甘やかされ、我儘(わがまま)放題のユフィリアは、見目麗(うるわ)しいエルフィン殿下に一目惚れをする。

そして父親に彼と結婚したいと強請るのだ。

対するハルディオン公爵は、ずっと王家へ擦り寄る機会を窺っていたため、これを幸いと強引に娘をエルフィン殿下の婚約者としてねじ込む。

娘が王太子妃、そして王妃になれば、裏から国を牛耳れると踏んでいたからである。

エルフィン殿下はその政略的な婚約を受け入れていた。

以来、ユフィリアは自分の好意を押しつけ、事あるごとに城へやってきては、とりもちのごとくしつこく殿下につき纏った。公務の邪魔をするのは当たり前、エルフィン殿下に声をかけられたというだけで侍女へ陰湿な嫌がらせをするなど、やりたい放題だった。

エルフィン殿下は、窘めてはいたが、彼女は聞く耳を持たない。

そんな彼女の口癖は、『私は公爵令嬢で、しかもエルフィン様の婚約者なのよ！』だった。

その言葉からも、ユフィリアの傍若無人っぷりが容易に分かる。

そんな日が八年ほど続き、エルフィン殿下とユフィリアは、魔法が扱える者が通うことを義務づけられている『シンフォニウム魔法学院』へ入学する。

ここから、ゲームが本格的にスタートするのだ。

――ある日、エルフィン殿下に変化が訪れる。

その変化をもたらしたのが、ゲームヒロインの存在だ。

彼女は平民出身だが、稀な光属性の適性を持っていたため、入学前から注目の的だった。

そんな彼女が気に入らないユフィリアは、数々の嫌がらせをする。

なにかにつけヒロインに嫌がらせをするユフィリアに代わって、誠実に詫びるエルフィン殿下に、ヒロインは惹かれていく。

エルフィン殿下も、いくら嫌がらせを受けようと、周囲に認められるように健気な努力をするヒロインの姿に愛しさを覚え始める。

そして、二人は、次第にその距離を縮めていくのだ。

いつしか殿下の凍っていた心は、彼女の存在によって溶けていた。

ところがユフィリアが、彼の心が自分にないことに気づく。

『あの卑しい平民の娘さえいなければ！』と怒った彼女は、取り巻きの者たちと共にヒロインを葬ろうとする。

それを、すんでのところで防いだエルフィン殿下は、この事件をきっかけにユフィリアと彼女の生家――ハルディオン公爵家の悪事を次々と暴いていく。

エルフィン殿下ルートのハッピーエンドでは、ハルディオン公爵家は国家反逆罪に問われ、財産及び領地没収の上、ユフィリアをはじめ一族郎党全て処刑となった。

ユフィリアの死は自分のせいではないかと思い悩むヒロインを、エルフィン殿下は支え続ける。そして二人は愛を育んでいくのだ。

美琴の時、私は結婚した二人が身を寄せ合い幸せそうに微笑むスチルを何度も再生した。

私の一番好きな攻略対象は彼だったのだ。

当時辛い境遇にいた私には、エルフィン殿下がヒロインにかける言葉が、私にもかけられているように感じられた。

そんなこともあって、エルフィン殿下ルートは涙なしには語れないくらいお気に入りなのである。

ちなみに、バッドエンドではヒロインがユフィリアに殺される。ヒロインを失い生きることに絶望したエルフィン殿下は、ユフィリアと結ばれハルディオン公爵家の傀儡となる。そして彼は幾多の国を滅ぼし、人々から「破滅をもたらす悪竜」と恐れられることになってしまう。

前世で私を支え続けてくれたエルフィン殿下には、ぜひともヒロインと結ばれて幸せになってほしい。

　この方をバッドエンドになんてさせない。

　たとえそれが、悪役令嬢ユフィリアである私自身の破滅に繋がることになったとしても――

◇◆◇

「――以上が『スピ愛』における『エルフィン殿下』ルートの攻略情報です」

　私は最後の決意は口にださずに、話を終えた。

　そっとエルフィン殿下の様子を窺うと、彼はあごに手をあててなにか考え込んでいる。

　そんな彼に、同じ五歳とは思えない凛々しさね……なんて場違いなことを、私は考えていた。

「ゲームとやらの『お前』はずいぶんろくでもなかったようだな」

「――申し訳ありません」

「何故謝る。今のお前はなにもしていないどころか、あの公爵家の被害者だろう」

「どういう意味ですか？」

どうして私が公爵家の被害者だと言われるのかが分からず、思わず首をかしげる。

たしかにボロボロの姿で保護された上、公に私の存在が知られていないらしいのは気になるけど、被害者なんて大袈裟なんじゃないかしら。

だって、乙女ゲームのユフィリアは、父であるハルディオン公爵にとても大切にされていたから。

「つまり、その傷だらけの体は、ハルディオン公爵によるものだということだ」

殿下はぐっと眉根を寄せて、包帯の巻かれた私の頭に視線を向けた。

でも公爵になにかされるなんて、乙女ゲームの内容を知っている私からすれば考えられない。

「転んだ拍子に頭をぶつけたんだと思いますよ？　この傷もきっとその時に」

「それはあり得ない。実際にお前が虐待されていた、という証言があるんだ」

しかし殿下は険しい表情を浮かべて、きっぱりと否定した。

「え!?」

殿下から告げられた衝撃的な言葉に、私は目を瞠った。

というか殿下の口ぶりからすると、私本人も知らない情報をかなり詳しいところまで知っているみたいだ。

驚く私をよそに、殿下は話を続ける。

「改めて確認するが、お前は前世の記憶はあるが、目を覚ます前の記憶はほとんどない。そうだな？」

「あ、はい……」

たしかに、これはおかしい。

この世界があの乙女ゲームと同じならば、公爵夫妻、特に現当主である父はユフィリアを溺愛しているはず。

けれど殿下は、虐待を受けぼろぼろになった私を保護したと言う。

つまり、もし殿下の言葉が紛れもない真実ならば、乙女ゲームとの食い違いが発生しているということだ。

これはある意味、怖い。

何故なら私は、前世での知識を役立てて、自分が破滅の道を進むことで殿下を幸せにしたい。

それにはできるだけ、未来がゲームと同じ展開になることが望ましい。

私は、一人頭をフル回転させてどう破滅の道へ進むか考えた。

そんな私を見て、ショックを受け落ちこんでいると思ったのだろう、殿下が心配そうな声を出す。

「まあ、腐(くさ)っても親だ。慕う気持ちは分かるが……残念ながらハルディオン公爵はすでに真っ黒だな」

えぇぇぇぇぇ……もう真っ黒ってばれちゃってるの？　エルフィン殿下ルートでは、公爵家の悪事が暴(あば)かれるのは物語の最後あたりだったのに。

「まぁ、真っ黒なのはお前を保護する前から分かりきっているんだが、いかんせん証拠がない。今はまだ追及はできない。今は、な」

最後の台詞(せりふ)を強調するように言い直すと、殿下は黒い笑みを浮かべた。

彼の瞳は、優しい言い方をすれば挑戦的、過激な言い方をすれば獰猛(どうもう)な光を宿している。「証拠さえ揃(そろ)えばすぐにでもその喉笛(のどぶえ)に咬(か)みついてやる」と語っていた。

ぞくり、と私の背筋をなにかが這(は)いおりる。

しかし、それが恐怖からではなく、むしろ快感だったのが自分でも不思議だった。

「それで今後のことなのだが……」

「あ、はい」

殿下は真剣な顔を私に向けた。

もしかして、公爵家の情報を私から聞きだしたいのだろうか。

でも、殿下も知ってのとおり、今世の記憶はほとんどないのよね……役に立たなそうなのだけど。

そう思って難しい顔をした私に、殿下はとんでもない爆弾を投下してきた。

「お前には私の婚約者になってほしいのだが」

「……はい？」

あれ？　今あり得ない言葉が聞こえてきたような……

私は目を瞬かせて、殿下を見つめた。

「お前の傷が癒え次第、王太子妃としての教育を受けてもらうからそのつもりでな」

「……はい⁉」

殿下、私の話聞いていたはずですよね⁉

私を婚約者にすると、あなたは様々な困難に遭うんですよ⁉

なにがどうなってそんな女を婚約者にしたいなんて思ったんですか⁉

口にはださなかったけれど、顔には書いてあったらしく、殿下は「ああ、唐突に感じるか」と呟いた。

「お前が戸惑う気持ちも分かる。『先ほどの話を聞いて何故』と言いたいのだろう？

理由はきちんと説明するが……私の婚約者になることが、お前の身を護ることに繋がるんだ」

「え？」

意味が分からない。

婚約者になるのはゲームどおりだから、将来的に殿下のために悪役令嬢を演じろというなら理解できるけど……

私を護るとは、殿下はなにを言いだしたんだろう？

なにか事情があるのかな。

「実はお前の目が覚める前日、ハルディオン公爵が城に抗議に来たんだ。娘を返せ、とな。だが、お前の体に虐待の痕跡があるのに渡せるわけがない。『明らかに虐待されていたとしか思えませぬ。そういえば、貴殿にご息女がいたなど初耳ですなぁ。そのことを踏まえて貴殿にいろいろと伺いたい』と宰相が脅し──ごほんっ！　違った、追及しようとしたら忌々しそうに去っていったそうだが」

今、脅したとか言おうとしなかった？　というか、間違いなく言ったよね⁉

いろいろとツッコミたいことはあったけど、とりあえず現状の確認を優先すべきだと思ったので、それは置いておくことにした。聞こえなかったことにした、とも言う。

それに、まさかハルディオン公爵が城に来ていたとは。

虐待して、存在も公にしていなかったという娘なのに、自分の悪事が暴かれるリスクを冒してまで何故取り戻しに来たのだろう。

その答えは殿下の言葉によりすぐ明らかになる。

「『大事な愛娘』とか言っていたが、あれにそんな親らしい感情があるとは思えん。『大事な実験台』の間違いだろうが！」

その時の会話を思い出したのか、殿下は怒りに顔を歪めていた。けれど、私はそれどころではない。

「――実験、台……？　私が？　どういうことですか？」

頭が真っ白になった。前世でも沢山酷い目に遭ったけれど、今世の私は、まさか人間扱いすらされていなかった、ということ？

ショックを受けて固まる私に気づいて、エルフィン殿下は我に返ったみたいだ。私を痛ましげに見つめて、こう言った。

「……すまない。まだ体が弱っている状態でお前にこんな話をするべきではなかった。だが、いずれお前も嫌でも気づくだろう」

殿下はそう言うと、神妙な面持ちで、私の左側のこめかみに手を添える。

「ここがどうかしたのですか？」

私を見つめる殿下の顔は、どことなく暗い。

どうしたのだろう、と思って問いかけると、彼は重い口を開いた。

「お前のこめかみには、ハルディオン公爵の実験によって宝珠が埋め込まれているんだ」

「……え？」

殿下の言っている意味が分からず、上手く言葉を返せない。

目覚める前、たしかに私はこめかみあたりに疼くような痛みを感じ、そこから全身に「なにか」が流れ、暴れ回る感覚を味わった。

ぼんやりとした記憶だが、男の子――殿下が私の手を握ってくれると、その「なにか」が外に向かい、こめかみの疼きが収まった気もする。

ずっと不思議に思っていた。

あのこめかみの痛みは、一体なんだったのだろう、と。

それを思い出していると、殿下が説明を続ける。

「つい先日、魔術師団から異常な魔力の波動が感知されたとの報告があがってきてな。そこで、近衛騎士団と、魔術師を派遣した。その場所が――」

「ハルディオン公爵領、だったのですね？」

私がそう告げると、殿下はゆっくりと首を縦に振った。

「……ああ。そうでなくとも黒い噂の絶えない家だ。なにをしたのかその片鱗だけでも掴めればと父上は魔術師の派遣を指示した。その際予感めいたものを感じて、私も同行させてもらったんだ」

殿下はそこまで一気に口にすると、一息ついて再び話し始める。

「感知した地点まで目前に迫った時、全身をローブに包んだ者が私の目の前に現れたんだ。そいつが大事そうに抱えていたのが、お前だった、というわけだ」

「っ！　そう、だったんですか」

エルフィン殿下によると、その謎の人物は私を殿下に託し、止める間もなく姿を消したそうだ。

あの身体能力は獣人で、声音から女性ではないかと殿下は推測しているとのこと。ちなみにゲームでも獣人は存在する。

エルフィン殿下は、このまま公爵領の調査を続行すべきか悩んだそうだけど、私の怪我が思いの外深いのを見て、調査を中断して王城へ連れ帰る判断を下した。

そうして保護された私は、直後に高熱をだし、二、三日生死の境をさまよったというわけだ。

少しでも楽になれば、とエルフィン殿下が自身の魔法を使って、つきっきりで私の体を冷やしてくれたらしい。

そのお陰か熱は無事に下がり、今に至る、ということのようだ。

高熱は、前世の記憶が戻った影響なんだろうか。

「獣人がお前をハルディオン公爵家のユフィリアだと言っていたが、娘の存在など我々は知らされていない。いよいよ本格的にあの家の調査に乗りだそうとしていた折に、さっき言ったとおりハルディオン公爵が『娘を返せ』と怒鳴り込んできた」

私は戸惑いを隠せないまま、殿下の言葉に頷いた。

宰相さんがナイスプレーでハルディオン公爵を追い返してくれた話だよね。

「で、だ。わざわざ迎えに来たことと、保護した時のお前の状態からして、このままユフィリアを王家の保護下にいさせると奴にとって都合が悪いことがあるのではないかと思ってな。魔術師団長が視たところ、ちょうどこめかみのあたりに宝石のような石――宝珠が埋め込まれていることが分かったんだ」

「え……」

「おそらくは私たちが保護する前にその宝珠を埋め込む実験をされたのだろう。今世の記憶があやふやなのはそのせいではないか？」

また、その影響で『前世の記憶』を思い出したのではないか、ともエルフィン殿下は言った。

――ああ。だから目が覚めた時、こめかみに痛みがあったんだ。虐待による暴力を振るわれただけじゃなかった、ということらしい。

驚きすぎて、言葉もでない。

そんな私を痛ましげに見ながら、殿下は話を続ける。

「酷なことを言うが、その宝珠(ほうじゅ)はユフィリアの神経と完全に融合してしまっている。わざわざ城に怒鳴(どな)り込んできたことから察するに、公爵は、宝珠(ほうじゅ)をお前の体に埋め込んだことを王家に知られるのを恐れたのだろうな」

聞いて驚愕(きょうがく)したのだけど、なんとその宝珠(ほうじゅ)は国宝級のものだったのだ。それは、単なる宝石などではなく、光の精霊・ラピスフィアの核(コア)、つまり精霊にとって力の源ともいうべきもの。

光の精霊・ラピスフィアとは、ストランディスタ王国建国神話にでてくる大精霊だ。始祖竜(エンシェントドラゴン)と共に魔族の侵攻を防ぎ、自(みずか)らの命を代償に人々を護(まも)る結界を張った英雄である。その時に彼女が張り巡らせた結界は今もこの国を護(まも)り続けているという。

そんなラピスフィアが遺したのが、私のこめかみに埋まっている宝珠(ほうじゅ)。

何故ハルディオン公爵家がそんな代物(しろもの)を持っているのかというと、それはこの公爵家の初代に関係する。
始祖竜（エンシェントドラゴン）がストランディスタ王国を建国した時、ラピスフィアをはじめとする大精霊の助力を得て、魔族を退（しりぞ）けた英雄の一人が公爵の祖先だった。そして彼は宝珠（ほうじゅ）の管理を任されたのだ。

「英雄の末裔（まつえい）があんな状態とは、皮肉なものだ」

そう言って、エルフィン殿下が肩を竦（すく）めた。

そういえばゲームでも、公爵家に飾られている宝珠（ほうじゅ）はあった。

それが今、自分の体に埋まっているなんて……とてもじゃないけど信じられない。

「……伝えなければならないことは、まだあるんだ」

伝えられた真実に言葉を失うと、彼はまたもや痛ましげな視線を寄こす。

「ユフィリアを保護したあと、私はハルディオン公爵を徹底的に調べさせた。その結果が――」

殿下から語られた内容は、思わず耳を塞（ふさ）ぎたくなるほど酷いものだった。

領地での不当な税の釣りあげとか、国へ納めるべき税金をピンハネして着服しているとか、ストランディスタ王国では禁止されているはずの人身売買をやっているとか。自分たちに逆らう者は暗殺者を差し向けて葬（ほうむ）った、とか。

挙げればキリがない。

なんだか聞いていて虚しくなってきたわ。

ゲームじゃなくても、やっぱりハルディオン公爵家が粛清される未来は避けようもない。

「実は、諜報部の人間がハルディオン公爵家の使用人から聞きだしたんだが、どうやら、ユフィリアは『妾の子』として認識されているようだ」

なんでも、ハルディオン公爵が外で手をつけた女性が産んだ子供が私ということらしい。

でも実際は使用人たちがそう噂しているだけで、事実かは分からない、とのことだった。

え、どういうこと？

ゲームでは妾の子は、攻略対象の一人で、「ユフィリア」の弟のはずなのよね。

ここもゲームの設定と食い違う。

一応、この世界にも公爵の息子はいるらしい。殿下の部下が言うには、その息子への夫妻の溺愛ぶりはかなりのもののようだ。

私が知っているシナリオと異なることに驚きはしたけど、不思議と傷つきはしなかった。

前世でも異母姉弟たちとはあからさまに差別されていたからかな。今世も同じ扱いかぁ、としか思わない。

「こんなところが、こちらで調べた限りのお前とハルディオン公爵家に関することになる。どこか違和感を感じたりはしたか？」

そう殿下に言われたけれど、私は首を横に振ることしかできなかった。

私が今世に関して思い出せることはなかったからだ。一瞬、小さな金髪の子供が記憶を掠めたような気はしたのだけど、それがなんなのかは分からない。

私の反応を見ると、殿下は「そうか……」と難しい顔つきになった。

そんな顔をさせてしまったことに罪悪感を覚える。どうにか彼の役に立ちたかったのに。

それにしても、王太子殿下の婚約者に、という話にはびっくりだ。

まぁ、そこは、展開は違えどシナリオどおりだと納得するしかない。

そういえば、あの乙女ゲームでは、「悪役令嬢ユフィリア」の生い立ちのことは、エルフィン殿下との婚約に至った話以外はあまり語られていなかったんだよね。

あとは「親に甘やかされて我儘に育った、傲慢な公爵令嬢」という説明くらいしかない。

……もしかしてゲームのユフィリアも、甘やかされていたように見えただけで、裏ではなにかされていたのかな。エルフィン殿下ルートのバッドエンドなんて、まさにハルディオン公爵の指示で殿下を操っちゃうし。

今考えついたことをエルフィン殿下に言ってみたところ。

「そうか……ならきちんとした教育を施して、ヒロインとやらに嫉妬など湧かないくらいの関係を維持できれば、『悪役令嬢』にはならない、ということだな」

と言われた。

いやいや、どうしてそういう解釈になるんですか！

それに、ユフィリアが悪役にならなかったら殿下が破滅しちゃいますよ？

……あれ？　私、なんか間違った？

あわあわと慌てる私を殿下が面白そうに見つめる。さっきまでのシリアスな空気が一気に霧散していた。

気のせいだとは思うけど、エルフィン殿下、ゲームのシナリオそのものを潰そうとしてない？

自分の力で彼をハッピーエンドに導けるか不安になってきた。

私はあくまで、我儘で傲慢なハルディオン公爵令嬢として殿下と出会わなければならなかったのに、失敗した。

それでも、ハルディオン公爵家の実態と父にされたことを知ってしまったあとで家に戻るのは恐怖しかない。保護してもらえて万々歳ではあるのだ。

その恩に報いるためにも、なんとしてもシナリオどおりの「悪役令嬢ユフィリア」にならなきゃ。

だって殿下はヒロインと幸せになるべきなんだから。

そう改めて決心していると、ふいにエルフィン殿下が顔を近づけた。

「で、殿下!?」

目の前に迫るきれいな顔に、どきどきと心臓が音を立てる。

思わず声を上ずらせると、彼は私の耳元でそっと囁いた。

「震えているぞ」

「っ!」

どうやら無意識に震えていたらしい。

もちろん、その原因はエルフィン殿下が破滅するかもしれない未来に対してだ。けれど殿下は、そう思わなかったらしい。

「大丈夫だ。お前をあの公爵家に戻すなんてしない。すでに手は打ってある」

「え?」

「実は母上の生家であるフェルヴィティール公爵家が、お前を養女として引き取りたいと申しでてきたんだ」

「え？」

「どうやらお前の様子を見て、母上――言わずもがな現王妃だな、が手を回していたらしくてな。私が口を挟む隙もなかった。『あの子のためにもお兄様に任せるべきだと思ったのよ。大丈夫、快諾してくださったわ！』と言っていたぞ」

「え？」

突然の言葉に、私はぽかんと口を開けてしまう。

「まあ、いろいろ手順を踏まなくてはならないし、まずは怪我の療養を優先しろ。実際に養子に入れるのは数年後……どんなに早くてもあと一年は先になりそうだが」

「……ソウデスカ」

エルフィン殿下が次から次へと驚愕の事実という名の手榴弾を炸裂させるので、頭が追いつかない。

私の最後の返答はカタコトになってしまった。

そんなふうに殿下にこれからの話を聞かされながら、私は考えていた。

ゲームシナリオどおりに、私は殿下の婚約者という立場になるようだ。

それはいいが、その過程がまったく違うことが問題である。

まず、ゲームのユフィリアは、現公爵夫妻に溺愛され、自己中心的でやりたい放題だった。でも現実の私は、溺愛されるどころか公的に出生を公表されてすらいない。

おまけに陰で怪(あや)しげな実験を受けていた。

違いが大きすぎて、私が知っている乙女ゲームのシナリオどおりにはいかないかもしれないと不安になる。

それでも、エルフィン殿下の婚約者になるという結果が変わっていないなら、ゲームの強制力とやらでどうにかなるのかもしれない。私が虐待されたことに憤(いきどお)って、この身を案じてくれた優しい殿下のためにも、私は断罪されないといけないのだ。

あとでなにか書くものを借りて、ゲームの攻略情報を紙に書き起こしておこう。シナリオどおりにいかないなら、どうにか軌道修正をしなくてはならないからね。

さて、どう計画を立てよう……

第二章　通じあう心

エルフィン殿下から「私の婚約者になってほしい」というゲームのシナリオとは明らかに異なる提案——もとい求婚（?）をされて数日後。

私が寝起きをさせてもらっている部屋に、一人の騎士が訪ねてくることになった。

エルフィン殿下が私を保護した時に同行していた調査隊の指揮官さんらしい。

彼が私の怪我の状況などを確認しがてら話をしたいというのだ。

ベッドに腰かけつつも、宝珠（ほうじゅ）を隠すために頭につけたリボンをソワソワと触る私を見て、殿下が頬を緩（ゆる）めた。

「あまり緊張しなくていい。今日は話をするだけだし、気楽にしてくれ」

「はい」

「それにあいつは、人当たりのよさで相手から情報を聞きだすことに関しては天才的なんだ」

「……そうですか」

うーん、それって褒めているのかなぁ。

それに今世の記憶はないけど、前世の記憶はばっちりあるし、話すつもりのないことまでうっかり話してしまうと、まずい。

私は若干顔をひきつらせながら、なんとか微笑んだ。

もしうっかり口を滑らせて私が破滅しようとしていることが知られたら、優しい殿下は止めてくるに違いない。

話しすぎないようにしよう、と一人気を引きしめていると、部屋の扉がノックされた。

「ん、来たか。ユフィリア、用意はいいか？」

「っ！　はい、どうぞ」

殿下が気遣わしげな目をして、私の顔を覗き込んだ。殿下との距離がぐっと縮んで、どきっと心臓が音を立てる。

実は、殿下には言っていないのだけれど、彼に初めて名前を呼ばれた時から不思議な感覚がしているのだ。

たとえるなら魂が震えるような、そんな感覚。

その思いを意識の片隅に置いて、私はこくりと頷いた。

すると殿下は、「エドガー、入れ」と扉に向かって声をかける。

指揮官さんはエドガーさんって名前なんだ、と私が思っている間に、静かに扉が開く。

「失礼致します」という声と共に騎士服に身を包んだ男の人が入ってきた。

第一印象は一言で言うと格好いい。

こちらに歩いてくる姿は、隙一つない洗練されたもので、体つきも引きしまっているのが服の上からでも分かった。

薄茶色の瞳は輝き、首筋あたりで一纏めにしたライトグリーンの長髪が、歩くたびに軽やかに揺れる。

この人、なんか引っかかる。

会うのは初めてなのに、なんとなく見覚えがあるような……

落ち着かない気分で彼を眺めると、エドガーさんは、私の座るベッドからやや離れた位置で立ち止まった。

どういうわけか困ったような笑みを浮かべている。

しかしその笑みは私ではなく殿下に向けられていた。

「……？」

私は、ちらっと近くの椅子に座っている殿下を見て、思わずびくっと体を震わせた。

何故か殿下が気に食わない、という感情を隠しもせずエドガーさんを睨んでいたからだ。

その視線が敵意というか、もはや殺意に近いのがなおのこと怖い。

エドガーさんはというと、殿下の視線をものともせず涼しい顔で騎士の礼をとる。

凄いわ、この人。

直接視線を向けられていない私でさえ、鳥肌が立つくらいの殿下の迫力を受け流せるんだから。

「エルフィン殿下。エドガー・アーティケウス、只今参りました」

「……ああ。お前も忙しいだろうに、よく時間が取れたな」

「このくらい造作もありません」

……殿下？　なんで憎しみを圧し殺したような声で会話なさってるんですか？　なんだか、怒ってますよね？　彼に私を訪ねる許可をだされたのは殿下ですよね？

「許可なんてだすんじゃなかった」って顔に書いてあるように見えるのは気のせいですか？

「あの、殿下？　なにかお気に障ることでもありましたか？」

「お前は気にするな。私の問題だ」

無言の怒り（？）に耐えられなかった私が思わず尋ねると、彼は怒りを鎮めるように深く息を吐きながらそう返した。

エドガーさんが来る直前までは楽しそうだったのに……

不思議に思いつつ殿下を眺めると、彼が、今度は悔しそうな顔をしてキッと私を見た。

「お前、初めて私を見た時はなんの反応もしていなかったじゃないか。なのに、なんでエドガーの時だけ……」

ぼそり、と呟いた殿下の言葉に私は目を丸くした。

たしかにエドガーさんをじっと見ていたけど、それは初対面のはずなのに見覚えがあったからだ。

エルフィン殿下にどう返したらいいのか分からなくて、私はエドガーさんに視線で助けを求めた。すると、彼は口に手をあてて顔を背ける。

あれ、絶対に笑いを噛み殺しているんだと思う。肩が小刻みに震えているし。

私の視線に釣られるようにエドガーさんを見た殿下が、自分が笑われていることに気づいてさらに強く睨みだす。

「ふふ、失礼。まだ幼いとはいえ、殿下もやはり男なのですね」

まだ微妙に笑いが収まらないらしいエドガーさんが、そう口にした。

エルフィン殿下は「っ、悪いか！」と目元を赤くして、苦虫を噛み潰したような表情になる。

「殿下、私は既婚者ですよ？　妻以外に愛の言葉を囁く気はございません。『可愛らしい姫君だな』と思うことはあってもそれだけです。……殿下、冗談ですので射殺しそうな目で睨まないでください」

エドガーさんの釈明？　に殿下はホッとした顔をしたものの、後半、エドガーさんの言葉を聞いた瞬間、またあの殺気を放ち始めた。

今度はなんだか殿下の周囲に魔力が漂いだしているし……

ちなみにエドガーさんは、見た目は二十代にしか見えないほど若々しいのだけど、実は三十代らしい。マジか。

まあそれはともかく、なんで殿下がこうもエドガーさんの言葉に過剰反応しているのかが分からない。

男性には男性にしか分からない世界があるのだろうか。

そんなことをぼーっと考えて、私ははっと我に返った。

自分の世界に入っている場合じゃない。

未だにエドガーさんを睨んでいる殿下をどうにかしないと、部屋の空気が氷点下になりそうだ。

「あの、殿下？」

なんだか置いていかれた感をひしひしと感じたので、失礼とは思いながらも思いきって殿下の手を握り、声をかけてみた。

エドガーさんを睨むのに忙しかった殿下は、握られた私の手を見て、信じられないというような表情を浮かべる。

「……っ⁉　ユフィリア、お前、平気なのか？」

「あ、し、失礼致しましたっ‼」

やっぱり不敬だった⁉

そう思った私は、慌ててパッと手を離した。

が、今度は逆に殿下にしっかりと手を握られる。

私はその手を振り払うことができなかった。不敬どうこうじゃなくて、私の手を握る殿下がわずかに震えていることに気がついたからだ。

「……なんとも、ないのか？」

「え？」

心なしか声まで震えている殿下は、行き場をなくした子供みたいな、今にも泣きだしそうな顔をしている。

そんな彼の表情に戸惑いつつも、私はぎゅっと彼の手を握りしめた。

殿下がなにに怯えているのかは分からない。

でも、今この人の手を離してはいけない気がしたのだ。

「どうしたのですか？　殿下の手はお心同様、とても温かいですよ」

そう言って私は殿下ににこりと微笑みかけた。

「私が温かい……？　お前は私のことが怖くないのか？」

不安げに揺れる彼の瞳は、今まで見た中で一番弱々しい。

「怖い？　なんで私が殿下を恐ろしいと思うのですか。あなたにはいつも助けていただいているのに」

小首をかしげながら殿下を見つめると、彼は依然頼りなさげな表情を浮かべる。

「本当か……？　お前は私から離れていかないのか？」

「殿下がなにを憂えているのか私には分かりませんが、私はあなたを怖いとか、ましてや離れたいなどと思ったことはありません。これまでも。そして、これからも」

「――っ！」

私の言葉を聞いた殿下は目を瞠り、私の手を握る力を強めた。

その強さに少し痛みを感じ顔をしかめると、殿下ははっとしたように手を離す。

「す、すまない！」

「いえ、お気になさらないでください。元はといえば、私が先に触ってしまったのが悪かったのですから」

「ユフィリア……」

私が殿下に微笑み(ほほえ)を向けると、彼も安心したように小さく笑う。

そうして見つめ合い始めてしまった私たちを正気に返らせたのは、「くく……」というエドガーさんの忍び笑いだった。

「ふふっ、失礼。先ほどまでの私に対する激しい嫉妬(しっと)が嘘のように幸せそうなご様子ですね、殿下」

「～～～～～っ!?　エドガー、お前……！」

エルフィン殿下はエドガーさんを鋭く睨(にら)みつけた。羞恥(しゅうち)で顔を赤くしていたから、さほど威力はなかったけど。

そんな殿下を眺(なが)めつつ、エドガーさんの台詞(せりふ)に聞き流せない言葉があり、思わず口にしてしまう。

「嫉妬(しっと)？」

エルフィン殿下が、エドガーさんに？　私のことで？

それって、殿下が少なからず私に好意を持っているということだろうか。

そんなふうに考えた私は、一瞬で顔が火照った。

……ほんの少し嬉しいと感じるくらいは許されるかな。

まだ会って間もない殿下が、私にわずかでも好意を持ってくれている、と心の中で思うくらいは。


思いもよらないエルフィン殿下の反応になんとも言えない気持ちになったあと、当初の予定であった事情聴取を始めることになった。

「エドガー、お前も忙しい身だろう？　そろそろ話を始めたらどうだ」

「そうですね。本来ならすでに終わっていてもおかしくはありませんでしたし」

「……私に対する嫌みか？　エドガー」

「滅相もありません。あの完璧王太子殿下にも可愛らしい部分があったのだな、と思っているだけです」

「……っ」

エドガーさんの言葉を聞いて、エルフィン殿下はぷるぷると体を震わせながら、手に持っている紙の束をぐしゃっと握った。

そんな殿下を見て、私は内心首をかしげる。

あれ？　そういえばおかしいな。

乙女ゲーム『スピ愛』では、彼は無表情が通常仕様だったのだから。

幼い頃からの境遇にくわえ、王族としての立ち居振る舞いを意識するあまり、彼は心を閉ざし、感情の起伏が乏しくなっている。

その心の闇は深く、一つ選択肢を間違えるだけでバッドエンドに進むくらい難しかった。

そんな彼も、ヒロインとの交流で徐々に感情を取り戻していく、はずなんだけど……

今の殿下を見る限り表情豊かだよね？

私の言動で一喜一憂しているその姿が、なんだか前世でよく見た――

「わんこに見えるのよね……」

「わんこ!?」

思わずこぼした私の言葉をばっちり聞いてしまった殿下が、素っ頓狂な声をあげる。

「くっ……！　あっははははっ！」

「おい、エドガー！　笑うな!!」

再び笑いのツボを刺激され噴きだしたエドガーさんを見て、殿下は顔を真っ赤にして声を荒らげた。

殿下、心なしか涙目になっている気がする。

「くくっ、し、失礼。常に隙がない殿下の感情豊かなご様子が微笑ましくて」

エドガーさんは、笑いすぎて目じりに溜まった涙を拭いながら言った。

「素直に似合わないと言えばいいだろう？　こんな反応は王太子らしくないとな」

すると、殿下はふて腐れたようにふいっと顔を背ける。

エドガーさんの言葉から推測するに、いつも無表情で、よくて愛想笑いなんだろうな。

この世界――現実のエルフィン殿下も。

そんな殿下の前で、エドガーさんはさっと表情を真剣なものに改め、片膝を立てて跪いた。

「殿下、誤解しないでください。微笑ましいとは言いましたが、王族としてあるまじき振る舞いだとは申しておりません。むしろ、よい変化だと思ったのですよ」

「……」

殿下は、難しい顔をしたままエドガーさんの言葉に反応しない。どうやら、ただ単にご機嫌取りをされていると思ったようだ。

たしかにエドガーさんはエルフィン殿下の様子を見て笑ってはいたけれど、それは決して馬鹿にしたとか、蔑んだとかじゃなかった。

むしろ、ホッとしたために思わず笑ってしまったみたいに感じる。

取ってつけた愛想笑いではなく心からの感情をだしていた殿下は、無意識に微笑(ほほえ)んでしまうくらい私にも温かく感じられたのだから。

「あの、殿下。不躾(ぶしつけ)だとは承知していますが、私もエドガーさんと同じように感じました」

「ユフィリア？」

突然意見した私に、殿下は驚いた様子で顔を向けた。

「もちろん王族である殿下が、相手に言質(げんち)を取られないよう完璧に振る舞おうとなさるのは、悪いことではありません」

そこまで言って一旦言葉を止める。殿下は次を促(うなが)すようにじっと私を見据(みす)えた。

「でも、気心の知れた方の前でまで完璧である必要はないんです。エドガーさんとのやり取りを拝見した限り、気安い会話ができる相手がまったくいらっしゃらないというわけではないのでしょう？　私も、今みたいに感情豊かなエルフィン殿下の方が……好きですよ」

最後の言葉は恥ずかしくて、俯(うつむ)き加減に少し早口で伝えた。

とにかく殿下には彼を思う人がいるということを知ってほしかったのだ。

「――!?」

すると殿下は、雷に撃たれたように目を見開いて固まった。

予想もしていなかった言葉を言われた、と顔に書いてある。

私の言葉でこの方が少しでも救われるなら、と思ってのことだったのだけど、余計なお世話だったかな。

まだ先のこととはいえ、そう遠くない未来、ヒロインと殿下が結ばれるため私は彼から断罪されていなくなる運命なのだ。

それまでは。今だけでも。ほんの少しの間でも構わないから、この方の側にいることを望んでもいいよね……？

「ユフィリア」

「っ！　申し訳ありません、出すぎた真似をしました」

今だけでもこの方に嫌われたくはない。でも彼の心の傷を抉ってしまったかもしれないと今さらながら気づいて、私は俯いたまま殿下に謝罪の言葉を口にした。

上がけを握りぎゅっと眼をつむっていると、頬になにか温かいものが触れる。

驚いて目を開けると、エルフィン殿下が優しい眼差しで私の頬に手を添えていた。

「いいんだ」

「……え？」

「お前の、ユフィリアの言うとおりだ。私の能力に怯えて『化け物』だと内心では蔑んでいるくせに近づいてくる――そんな者たちに隙など見せてたまるかとずっと考えていた。そしていつの間にか味方であるはずのエドガーたちの言葉さえ信じられなくなっていたんだ。だが、今のユフィリアの言葉を聞いて気がつくことができた。私は一人じゃない。壁を作ってしまっていたのは私自身だったんだ、と」

エルフィン殿下は、まるで自分に言い聞かせるようにゆっくりと語った。

「殿下……」

「だから、少しずつでも変わっていこうと思う。これまで支えてくれた者たちの心に報いるためにも。そして、変わるきっかけをくれたお前のためにも」

「いえ、私はそんな大層なことをしておりません」

殿下の言葉に慌ててそう返すと、殿下は美しい笑みを浮かべて首を横に振った。

「いや、私にとっては『大層なこと』だぞ？　だから、改めて思ったんだ。私はお前がいい。将来を共に歩んでいくなら、ユフィリアがいい」

殿下は真剣な表情で真っ直ぐ私を見つめ、そう口にする。

「――っ！」

彼の真摯な態度に、私は思わず息を呑んだ。

でも、何故殿下はそこまで私を必要としてくれるのだろう？

ずっと気になっていた。真っ黒なハルディオン公爵家の娘である私は、王家になんのメリットも与えない。

それに、乙女ゲームのバッドエンドのシナリオどおりに進んでしまったら、辛い思いをするのは殿下なのに……

「殿下」

「ん？」

聞くのは怖い。けれど、今聞いておかなくちゃいけない気がしたのだ。

私は意を決して尋ねた。

「何故、殿下は私を婚約者に望んでくれるのですか？　私の実家と縁を結ぶことは、王家、ひいては殿下のためになるとは思えません。それに、殿下も私と結ばれたら幸せになれないことはご存知でしょう？」

私の言葉を聞いた殿下は、一瞬驚いた表情を浮かべたけれど、すぐ真剣な顔に戻った。

「……お前は覚えていないだろうが、傷ついたユフィリアと初めて出会った時、お前は意識がないにもかかわらず私にすがりついたんだ。まるで、私を放さないで、とでもいうようにな。そんなお前を目の前にした時、私は何故か己の命に代えてもお前を護らなくてはと思った」

殿下の告白に、今度は私が驚く。

そんなことがあったなんて、知らなかった。

きっと、突如殿下の前に現れたというローブ姿の人物が、彼に私を預けたあとすぐのことだろう。

もちろん私にその時の記憶はない。

「で、でもそれだけで？　私、与えていただくばかりで、殿下になにもお返しできないのに」

私は、俯き（うつむ）ながら殿下に言う。

自分で口にした言葉に落ち込み、最後はかなり小さな声になる。

すると殿下は、力なく膝の上に置かれた私の手をしっかりと握（にぎ）った。

「初めてなんだ、誰かをこんなに護（まも）りたいと思ったのは。それだけじゃ駄目か？　それに、お前は私にいろんな感情を教えてくれる。私にはお前が必要なんだ、ユフィリア」

殿下の力強い言葉が耳に届き、涙に霞（かす）んで目の前が見えなくなる。

こんなにも誰かに必要とされたことは、今まで一度もなかった。

こんなに嬉しくて愛（いと）おしい気持ちは、初めて知る。

「いいえ、殿下。嬉しいですわ」

そう口にした時、涙が一筋頬を伝う。それを殿下が優しく拭ってくれた。

その温もりにとくんと胸が高鳴った。

「で、でも……」

「どうした？　まだ、なにか心配なことがあるのか？」

私が思わず言い淀むと、殿下が不安そうに私を見つめた。

殿下の気持ちはもちろん嬉しいけれど、気になることがある。

陛下と王妃様のお気持ちだ。

「国王陛下と王妃様は、私が殿下の婚約者となることに納得されていらっしゃるのでしょうか？」

王妃様は傷ついた私をご実家の養女として迎えるよう計画してくれたと聞くけれど、息子と結婚となるとまた話が違う。

すると殿下はぱっと表情を明るくして、「ああ、そのことだが……」と話し始めた。

「実はお前との話は、父上と母上からの提案でもあるんだ」

「え!?」

殿下から発せられた思わぬ発言に、私は目を瞬かせる。

「どうやら、私がお前に一目惚れしたことを知っていたようでな。もちろんお前の意思を優先するようにと仰っていたが、そこまで私を変えたお前の存在に二人とも感謝しているんだぞ？　怪我が治り次第会いたいとうるさいんだ」

そう言って殿下はご両親の態度に呆れてでもいるかのようにため息をついた。

陛下と王妃様が私を思ってくださっていることに畏れ多いと感じるが、同時に照れくさくもある。

……お会いした時、どんなことをお話しすればいいのかな。

だってこんな展開、ゲームシナリオにはなかった。ゲームでは、悪役令嬢が国王ご夫妻に気にかけてもらえるなんて描写はなかったはずだ。

「まあ、そういうわけだからなにも心配するな」

殿下はそう口にすると、温かい笑みを浮かべた。

その表情にますます胸の高鳴りを感じながら、私はこくんと頷く。

すると次の瞬間、殿下は目を泳がせ、しどろもどろに言った。

「そ……その代わり、私のなにを見ても幻滅するなよ？」

「はい？」

私はきょとんとしつつ、彼に尋ね返す。

「エドガーも先ほど言っていただろう？　父上たちの前でさえ、心から笑ったことなどないんだ。こんなに感情を露わにしたのは初めてだから、どういう態度が年相応なのか分からないしな……。だから、その……お前を不安にさせてしまったり、満足に楽しませることができなかったりするかもしれない」

殿下の自信なげな理由が分かり、私は頬を緩める。

そんなの、私は殿下の隣にいるだけで幸せなのに。

そんなことを考えていると、殿下は不安げな目を私に向けて続けた。

「でも……できれば婚約の申し出を受けてほしい。王家のことは関係なく、私個人の意思でお前を望みたい」

「――っ、はい。私でよければ、喜んでお受けします……」

困ったように笑ってそう言った殿下に、私は泣き笑いの表情で返事をした。

「どうせなら満面の笑みが見たかったな。これからそういう顔を見せていってくれると嬉しい」

私の表情を見た殿下が、幸せそうな顔でベッドの縁に腰かける。

そして、私に顔を近づけてきて（羞恥から思わず逃げかけたのだけど、殿下の腕が私の腰に回る方が早かった）、あっという間にその距離をゼロにした。

殿下の口づけを受けた瞬間、触れあった部分からなにかが流れ込んでくる。

それが思いの外、心地よくて、無意識に彼の背に腕を伸ばし、そのまま身を任せた。


この時の私たちは、重要なことを忘れていた。

この場にはエドガーさんもいた、ということを……

エドガーさんが、私たちのやり取りから口づけまでを微笑(ほほえ)ましそうに眺(なが)めていたことに私たちが気がつくのは、もうしばらくあとのことだった。

エドガーさんは若干——ううん、間違いなくニマニマしていたと思う。

そして、我に返った殿下が、羞恥(しゅうち)のあまりしばらく使い物にならなくなるのだった。

第三章　エルフィン殿下がその手に掴(つか)んだもの

羞恥(しゅうち)から復活したエルフィン殿下は、これまでの彼の生(お)い立(た)ちを聞かせてくれた。

乙女ゲームでは詳しくは語られていないことだ。なにか新しいことが分かるかもしれない。

前世で手に入れた攻略情報には書かれていない設定なんかでてきたら、また混乱しそうだけど。

エドガーさんとの話はいいのだろうかと思って聞くと、エドガーさんが嬉しそうに「まずは殿下のお話を聞いてあげてください」と言う。私は殿下の話を優先した。


「ユフィリア。お前も知ってのとおり、我が王家は始祖竜(エンシェントドラゴン)の血を引いている」

殿下は、真っ直ぐ私を見据(みす)えて話し始めた。

「はい、存じあげております」

ストランディスタ王国建国の立役者であり、かつて魔族の侵攻から民を救った始祖竜(エンシェントドラゴン)

の能力が発現したエルフィン殿下。

これは乙女ゲームの攻略情報でも有名な話だ。

「私は特にその能力が強く発現して、『始祖竜の再来』といわれている。生後半年が経つ頃にはもう、自我が芽生え、自分の足で歩くこともできていた」

「えぇっ!?」

殿下から伝えられる驚きの事実に、私は思わず声をあげる。

さらに聞くと、二歳の誕生日を迎える頃には、王城にある蔵書――普通だと全て読むのに半世紀はかかるといわれている量の本を全て読み終えたという。

知識量だけで言えば、この国の賢人クラスの者を軽く凌ぐ。

チートだとは思っていたけど、まさかここまでとは……

「先ほど殿下は始祖竜の能力が強く発現されたと仰いましたが、能力に強弱があるのですか?」

ふと頭に浮かんだ疑問をぶつけると、殿下は頷いて説明してくれる。

「ああ、そうだ。始祖竜の血を継ぐ者は、生まれながらに自身の持つ資質が分かっていたり、身体的、もしくは精神的に成長が早かったり、優れた能力を持っている。しかし、その質には個人差があり、完璧に覚醒できる者はごくわずかだ」

ちなみに、始祖竜の血を受け継ぐが故に、身体的・精神的に成長の早い王家の中でも、エルフィン殿下の資質は群を抜いているらしい。

他にも竜の血を継ぐ者はいるが、彼以外にその能力が「覚醒」していると断言できる者は皆無なのだそうだ。

「さすがですね、殿下……」

ぽかんと口を開けながらそう告げると、殿下はふっと笑った。

「そんないいものではないぞ？　実際、教育係をつけられてもあっという間に追い越してしまい、皆すぐに辞めていった。去っていく時の奴らの目は、まるで化け物を見るようなものだったな。またか、と思っていつしかそんな視線にも慣れたが」

「そんな……」

なんでもないように語る殿下の姿が、どこか寂しそうに見えた。

いくら強がっていても、胸に感じた痛みはそう簡単には消えない。

その傷を、彼は気のせいだと思うことにして心の奥に抑え込んだのだろう。そうやって切り捨てなければ、殿下の心は本当に壊れていたかもしれない。

そう思うとやりきれなくて、私は思わず殿下をぎゅっと抱きしめた。

ガリガリの私じゃそこまで強い力なんてないから、飛びつく、という言葉の方が正しかったかもしれない。そんな私を、殿下は「今はお前もいてくれるから大丈夫だ」と言って抱きしめ返してくれた。

「だが、私が恐れられているのには、もう一つ理由がある」

「え？」

殿下は体を離し、顔を曇（くも）らせて言葉を続ける。

もう一つの理由？　殿下に他に設定なんてあったっけ？

少なくとも、私が前世で『スピ愛』をプレイしていた時には、殿下が恐れられている理由は「始祖竜（エンシェントドラゴン）の力が強すぎる」ことのみだったはずだ。

「『魔力喰い（マジックイーター）』。これが私が最も周囲から疎（うと）まれる原因だ」

「『魔力喰い（マジックイーター）』？」

聞きなれない言葉に、私は思わず眉をひそめた。

そんな能力、ゲームには一かけらもでてこなかったよ!?

これも、乙女ゲームと今世（いま）の相違点の一つなのかな。

「これが、私が『始祖竜（エンシェントドラゴン）の再来』といわれる所以（ゆえん）だ。『魔力喰い（マジックイーター）』とは、文字どおり触れるだけで対象の魔力を無尽蔵に奪う能力のことだ」

そう言って殿下は、『魔力喰い（マジックイーター）』について詳細を説明してくれた。

この能力が周囲に知られたきっかけは、乳母（うば）から陛下への奏上だった。

殿下につけた魔力持ちの侍女たちが体調を崩すことが多いのを不審に思った乳母（うば）が、『魔力喰い（マジックイーター）』が原因かもしれないと気づいたらしい。

ちなみにその乳母（うば）は魔力を持たない人だったためか、影響はなかった。そのために気づくのが遅れたようだ。

「あまりに強力な力故（ゆえ）に、私でさえなかなか制御のできない代物（しろもの）だ。当時私は二歳になったばかりだったんだが、どうにかできないかと試行錯誤していた矢先のことだった」

「そんなに凄い力なのですね」

私が驚きの表情を向けると、エルフィン殿下は小さく笑って続けた。

「『魔力喰い（マジックイーター）』は始祖竜（エンシェントドラゴン）のみが有する力とされていたからな。もはや伝説の能力といっても過言ではなかった。最初こそ、かの建国の竜の血を濃く継ぐ者が生まれたことで、次代も安泰だと言われていたが……」

そこまで言うと殿下は眉根を寄せて苦しげな顔をした。そして、ふーっと深く息を吐いたあと、また口を開く。

「『魔力喰い（マジックイーター）』の真の能力が知れ渡ると、次第に『側にいると命を喰われる』だの『おぞましい化け物』など陰で噂し、私を避（さ）ける者が現れだした」

一方で、避けはしなくても、取り入ろうとおべっかを使う者も纏わりつくようになったらしい。そしてただでさえ薄かった殿下の感情がさらに消えていった。

遠い目をして語る殿下の隣でずっと静かに話を聞いていたエドガーさんが、口を開く。

「ユフィリア様に出会うまでの殿下は、どんなことにも感情を動かさない人でした。日に日に表情が凍っていく殿下を見ているのは、辛いものがありましたね」

エドガーさんの言葉を聞いて、殿下は、口の端を歪めながらははっと軽く笑った。

「笑ったり、泣いたり、怒ったりすることがいつしかできなくなっていたな。でも、特に不都合はなかったし、逆に感情的になるのは相手につけ入る隙を与えかねん。そう思っていたんだ」

「殿下……」

乙女ゲームでは深くは語られなかった幼少期に（今も充分幼いけど）、殿下がこんなに辛い経験をされていたなんて。

私はなんと言葉をかけていいのか分からず、ただ彼の手を握りしめた。

エドガーさんはそんな私たちの様子を見て、苦しげな表情を浮かべる。

「周りとの距離が広がる一方の殿下を見て心を痛めていた我々側近は、『魔力喰い』だけでもなんとかできないかと魔術師団と共にあれこれ試してはみたのですが……」

「結果、まったく効果はなかったな」

言葉の途中でそうこともなげに言い切る殿下の隣で、エドガーさんは俯き拳を握った。

だんだんと殿下は、味方であるはずの両陛下や側近たちすら遠ざけるようになっていったとか。

たぶん、ご両親である両陛下は焦ったことだろう。息子からどんどん「人間らしさ」が失われていくのだから。

「エドガーもユフィリアもそんな顔をするな。今はユフィリアのお陰でずいぶんと感情が取り戻せてきているんだからな」

今までのシリアスな雰囲気を変えるように、殿下は優しく微笑む。

「エドガー、お前にもいろいろと苦労をかけているな。礼を言う。まあ、お前の甥っ子にも散々世話をかけられたが……逆に助けられていることもある」

そう言った殿下の頬は少し赤い。照れくさいのか、かなり早口だ。

それにしても――

「エドガーさんの甥っ子？」

私が首をかしげると、殿下が説明してくれる。

「ああ、私の一つ年上の幼馴染みで、現陛下の姉君と近衛騎士団長の末息子だ。ちなみにエドガーは叔父にあたるな」

そう言って殿下がエドガーさんに目を向けると、彼は困ったように笑った。

「本当に、脳筋の問題児ですが」

「それは否定しないな」

ばっさりと言い切る殿下に、エドガーさんは苦笑を深める。

「そのうちお前も会う機会があるだろう。やかましいが悪い奴じゃないから、その時はよろしく頼むぞ」

殿下が呆れた表情を浮かべながら、私に向かって話した。

「は、はあ……。楽しみにしてますわ」

二人に呆れられるほどの脳筋さんってどんな人なんだろう？

それに、たしか『スピ愛』の攻略対象の一人に騎士団長の息子がいたような……？

まあ、それは今は置いておこう。

「そういえば、お前の『弟』のことなんだが……」

しばらく三人で談笑していると、思い出したように殿下が私に話しかける。

「部下からの報告では両親から溺愛されているとあったが……どうにも、両親と折り合いがいいとは思えない」

「え？」

エルフィン殿下が口にした言葉を聞いて、私は首をかしげた。

殿下も、今の言い方では言葉が足りないと思ったのか続けて説明してくれる。

「実はな、今から半年ほど前、私の側近候補を選ぶために有力な貴族の子息たちを茶会に招いたことがあるんだ。まあ、顔合わせみたいなものだな。その中にお前の弟もいた」

どうやらさっきの殿下の言葉は、私の弟と面識があるからこそのようだ。

「まだ三歳ほどのはずなんだが、信じられないくらいしっかりとした考え方を持っている印象があったな」

当時のことを思い出しているのか思案げな様子の殿下の横で、エドガーさんがそっと口を開く。

「殿下もまだ五歳とは思えない会話をなさっていますが」

「揚げ足を取るな、エドガー」

殿下がキッとエドガーさんを睨むと、彼は飄々とした態度で頭をさげる。

「失礼致しました」

「私にしろ、ユフィリアにしろ、普通じゃない事情があるからな。そこは気にしても仕方あるまい」

「それは仰るとおりなのですが……私としましては、感情を剝き出しになさる殿下も可愛らしいな、と思っていたもので」

「お前絶対に面白がっているだろう」

殿下が白い目でエドガーさんを見たけれど、彼は涼しい顔で受け流した。

しかしエドガーさんの口元が若干笑っていたように見えた……

やっぱりエドガーさんはＳっ気がある気がする。

ちなみに殿下の事情とは、もちろん始祖竜の能力を覚醒させていることだ。だからこそ、五歳という幼い年齢にもかかわらず政務の一部を任されている。

「どちらにしてもチート……」

「ちーと？」

「私の前世の言葉の一つで、とても強い人という意味です」

「要するに規格外だ、ということか」

「意味合いは間違っていませんが……私は凄い人と婚約したんだなぁ、と思っただけですよ？」

「っ！　そ、そうか！」

私が純粋に思ったことを伝えると、殿下がぱあっと表情を明るくしてうんうんと頷く。

本当にわんこみたいで可愛いな……。さっきかなりショックを受けていたから、絶対口にはできないけど。

「殿下、話が逸(そ)れています」

頬を緩(ゆる)める殿下に向かって、すかさずエドガーさんが口を挟む。

エドガーさんからの鋭い指摘に、殿下は顔を赤く染めながら語気を強めた。

「わ、分かっている……！　（少しくらい浸っていたっていいじゃないかっ）」

なんか殿下が最後ぼそぼそと呟(つぶや)いたような……気のせいかな？

「だがユフィリアの弟……たしかルティウスといったな？　あいつの場合は違う。初めはかの竜の血が流れている影響か？　とも思ったのだが……。ハルディオン公爵家は現王家の遠戚の一つではあるものの、もう長いこと王族との婚姻を結んでいない。遠すぎてもはや他人といってもいいくらいに血が薄くなっているはずなんだ」

公爵夫人――私は妾(めかけ)の子で血の繋(つな)がりがない可能性が高いから、こう呼ぶことにした――の方も、王家とは血の繋(つな)がりのない家柄だそうでこちらの影響はまずない。

なのに、ルティウスは始祖竜(エンシェントドラゴン)の血の影響としか思えないほど精神的に成長が早いように見えたらしい。

ちなみに、ルティウスが始祖竜(エンシェントドラゴン)の能力を発現しているという設定は、『スピ愛』の中にはでてきてない。

　ということは、これもゲームとは違う今世の独自設定ということだろうか？

　となると――

「それ、隔世遺伝じゃ……」

「隔世遺伝？」

　こちらの世界では聞きなれない言葉なのか、殿下は不思議そうな顔を私に向けた。

「先祖がえりみたいなものです。私も前世の医学に明るいわけではないので断言はできないのですが……殿下が先ほど仰ったように、昔ハルディオン公爵家と王家の者が結婚したのでしょう？」

「それはそうだが……。まさかルティウスがそうだと？」

「私のように転生者だというなら、精神的に大人びていてもおかしくはないのですが。殿下があの子と話した時、聞きなれない言葉や態度はなかったのでしょう？」

「ああ。年の割に頭の回転の早い奴だなとは思ったが。それに、なにかおかしな行動をしていれば、私だけではなく護衛として側にいた騎士も気がついたはずだ」

「なら、彼女の推測どおり、彼は先祖がえりによって始祖竜の力を少なからず覚醒させている可能性が高いですね。それが事実かどうか確かめる必要があります」

エドガーさんは真剣な目をしてそう言った。

でも、どうやってそれを確認するつもりなのかな。

なんと言っても、あの子はハルディオン公爵家の人間だ。

私のことで公爵家と微妙な関係になっている今、王家側の問い合わせに応じてくれるのだろうか。

「なら試してみるか」

「はい？」

「殿下、どうされるおつもりです？」

「まあ、私に任せてくれ」

自信ありげな殿下の態度に、エドガーさんは訝しげな眼差しを向ける。

一方私はぽかんと口を開けて殿下を見つめた。

そんな対照的な反応を返した私たちを見て、殿下は余裕たっぷりな顔でフッと小さく笑う。

……本当にどうするつもりなのかな？

第四章　弟と会うことになりました

エルフィン殿下が不敵な笑みを浮かべて、なにやら画策を始めてから数日後。

彼は私が療養している部屋にやってくると、開口一番「ルティウスと会えることになった」と言ってきた。

なにをどうやったのか、殿下はルティウスと会う約束を取りつけることに成功した模様。

「殿下。たしか、ハルディオン公爵から『娘を返せ』的なことを言われていたはずですよね？　どうやってあの子と話す場を設けたんです？」

ちなみにどうにも父親と思えないのでハルディオン公爵のことを父とは呼ばないことにした。

私の疑問に対する殿下の返答は、予想を遥かに超えるものだった。

「ん？　私から公爵にはなにも言っていないが？」

「え？」

あれ？　私の聞き間違いかな？

殿下、今、ハルディオン公爵を思いっきり無視したって意味にしか取れないことを言ったよね？

私はとりあえず再確認してみた。

「……言ってないんですか？」

「ああ。ユフィリアの返還要求だってあれこれ理由をつけて突っぱねているのに、ルティウスに会わせろだなんて言ってみろ。間違いなく『娘だけでなく息子まで盗るのか』とか言ってくるぞ」

「まぁ……あの子を溺愛しているのであれば、そうでしょうね」

「だろう？　だから、ルティウスの方から公爵に『殿下にお会いしたい』と言ってもらったんだ」

「は？」

王族への態度ではないと分かっていつつも、私はそんな反応しかできなかった。

「ど、どうやって……」

余裕のない私の態度に気分を害することなく、むしろ面白がりながら殿下は話してくれた、のだけど。

「私はただ、『お前の姉の安否が知りたくはないか？』といった主旨の手紙を送っただけだが？」

「………はい？」

「なんだ、そのやたらあいた間は」

「いやいやいやいや……なんで？」

「信じられないか？」

「殿下のお言葉を疑っているわけではないのですが……」

私が言いたかったのは、公爵を挟まずにどうやってルティウスと連絡を取ったのかとか、なんでルティウスが殿下からの手紙だけで会うことを決めたのかとか、ルティウスはどうやって公爵を説得できたのだろうとか……

様々な疑問が私の頭の中でぐるぐると渦巻く。

ゲームのユフィリアは、腹違いの弟であるルティウスを苛めていた。

記憶にないだけで、今世の私がルティウスを苛めていた可能性もある。もしそうだったとして、彼は私に会いたいだろうか？

「殿下、おそらくユフィリア嬢が言いたいのはそういうことではないのでは？」

未だ一人で考え込んでいる私の思いをエドガーさんが代弁してくれた。

ていうか、あなたもいたんですか、エドガーさん。

「……何故お前がいる、エドガー。仕事はどうした」

「殿下が面白――いえ、見事な手腕を発揮されたと部下から聞いたもので。詳しい話を聞かせていただこうと思いましてね」

「そういえばお前、諜報部隊の隊長も兼任していたな……」

実は現在、私には陰から護衛がつけられている。

公爵が強引な手段を使って私を取り戻しに来る可能性を考慮したためだ。

おそらくその護衛の人が諜報部隊に所属する、エドガーさんの部下だったのだろう。

「まあいい。どうやってルティウスに手紙を渡したか、だったか。エドガーが情報収集のために公爵家に忠誠心の薄そうな使用人に接触しただろう？　それを利用しようと思っただけだ」

「もしかして、殿下ご自身が出向かれたのですか？」

「いや。さすがに私は城の外をそうほいほいと出歩けない。で、あの脳筋が持っていった」

殿下がゆるゆると首を横に振ってそう口にする。

すると、彼の言葉を聞いたエドガーさんが顔をひきつらせた。

「脳筋……まさか殿下、あれに頼んだのですか」

「別に頼んだわけじゃない。私は『この手紙をハルディオン公爵子息に内密に届けるために、あの家の使用人を利用したいんだが、なにかいい案はないか？』と聞いただけだ。そうしたらあいつが『どうせ街に行くつもりだったから、オレが引き受けてやるよ！』と手紙を奪って嬉々として出ていった。あいつに頭脳労働を期待するべきじゃなかったな……結果的には上手く渡してくれたようだが」

脳筋って、この間殿下が仰(おっしゃ)っていた幼馴染(おさななじ)みのことだよね？　たしか、エドガーさんの甥(おい)っ子さんでもあるはず。

相変わらず酷い言われようだな、と私は苦笑して二人を見つめた。

「あれの生活態度については、後ほど本人によく言って聞かせます。それで、殿下の仰(おっしゃ)ったとおりなら彼から返事が来たのですよね？」

「あの脳筋に悪気はないのは分かっているが……少しは話を聞いてほしいものだ。で、手紙の内容だが……要約すると、明日の午後にルティウスが私の執務室を訪ねてくるようだ」

「明日ですか!?」

私は驚いて思わず声をあげた。

想像よりずいぶん対応が早い。

殿下が手紙をだしてルティウスがそれに返事をしたのなら、王城に届くのにはもっと時間がかかるはずなのに。

ルティウスがどうやって殿下に返信したのか気になってしまう。

「返事自体は速攻で戻ってきたんだがな」

「具体的に、どのくらい早かったんですか？」

「あいつが『届けてきたぜ！』と報告してきたその日には来たな」

「え⁉」

早っ！　即日返答⁉

「ちなみに手紙には来る日時の他、『私が行くまでに姉上になにかしたら許しません』とだけ書かれていた」

「……本当に書いてあったんですか、そんな内容で」

「ああ。あれだけ短いものを間違えようがないからな」

殿下の言葉に思わず顔がひきつった。

でも、その手紙の内容を聞く限りだと、ルティウスが私の身を案じてくれているように感じる。

どうして？　ゲームでは不仲だったけど、今世（いま）はなにか違うの？

「お前がなにを考えているか大体想像はつくが……私の予想が外れていなければ、ルティウスはかなりお前のことを気にしているようだったぞ?」

「だ、だって……! 私とあの子、ほぼ接点なんてないはずですよ? たしかに今世の記憶はほとんどありません。でも私が妾の子として虐待されていた話が事実なら、接点なんてあるはずがありません。溺愛されているあの子が私を気にする理由がないじゃないですか……! むしろ疎まれて方がまだ信憑性があります」

ゲームシナリオとは異なる展開に、頭が混乱する。こんなにどんどんと知らない設定や事実が発覚して、心が追いついていかない。

「その理由が知りたいのなら、明日、本人に聞いてみればいいだろう。会うのは私だけのつもりだったが、ユフィリアも同席すればいい」

取り乱した私を宥めるように、殿下は私の肩を撫で、そう言った。

殿下の提案はありがたいけれど、同時に不安もある。

でも、このままにしておくわけにもいかない。攻略対象の一人であるルティウスがヒロインと結ばれてしまっては、王太子殿下を幸せな結末に導くためには困るのだ。

今世の彼がどんな人物で、私とどういう関係なのかはっきりさせてから対策を練らないと。

殿下の話を聞く限り嫌われてはいないようだけれど、好かれているとも思えない。

私はあの子になにを言えばいいんだろう――？

結局、ルティウスにどんなことを尋ねればいいのか、具体的な内容が思いつかないまま翌日を迎えた。

「本当になにを話せばいいのかな……疎(うと)まれている自信はあっても、昨日エルフィン殿下が言っていたような心配のされ方をするほど仲よくはないはずなのに」

悶々(もんもん)と悩む私の横顔を、隣に座る殿下が黙って眺(なが)めている。

「(そうは見えなかったがなぁ……)」

殿下はそう心の中で呟(つぶや)いたらしいが、もちろん私の耳には届かない。

それはともかく、エルフィン殿下たちには言わなかったけれど、ルティウスも殿下と同じ攻略対象者なんだよね……

「そうだ！　昨日食事を運んできてくれた侍女さんに頼んで、持ってきてもらった紙があったよね。あれに攻略情報を書き留めておこう。今後のためにも読み返せるし」

はっとひらめいた私は、いそいそと紙とペンを机の上に広げた。

「(例のゲームとやらの攻略情報か……ここは下手に話しかけず、このまま様子を見ていよう……)」

二人目の攻略対象者、ルティウス・フォルト・ハルディオン。

悪役令嬢ユフィリアの一つ年下の弟で、魔力属性は水。

父親であるハルディオン公爵の妾(めかけ)の子というのがゲームでの設定だ。

彼は公爵家に居場所がなく、使用人にすら虐(しいた)げられていた。孤独な立場を利用して、ユフィリアはルティウスを散々痛めつける。

そんな常に蔑(さげす)まれ、疎(うと)まれる生活環境だったせいか、ルティウスはハルディオン公爵家全体を憎みながらも、自分に自信を持てずにいた。

しかし学院に入学してから、ルティウスに転機が訪れる。それがヒロインとの出会いだ。

ユフィリアからの嫌がらせは学院でも続き、いつものように魔法による暴力に晒(さら)されていた時、学院の次席であるヒロインが魔法でルティウスを助ける。

その出来事を機に、ルティウスはヒロインに興味を抱き、交流が始まるのだ。

そんな中エスカレートしていくユフィリアによる嫌がらせは、魔術の試験中に起きた。

ルティウスが試験で使用する魔道具に細工をし、爆発事故を起こそうとしたのだ。

その際、近くで魔法の練習をしていたヒロインが、異常に気づきルティウスを庇って重傷を負ってしまう。

再び庇われたルティウスは、『このまま護られてばかりなのは嫌だ、今度は僕が彼女を護る番だ』と自分を鼓舞し、ユフィリアに立ち向かっていくようになる。

そんな時エルフィン殿下に接触され、ある言葉をかけられるのだ。『家族を切り捨ててでも、現状を変える覚悟はあるか』と。

ハルディオン公爵家に対する断罪の件はエルフィン殿下ルートと大体同じ。

数々の悪事の証拠を集め、ユフィリアを含めたハルディオン公爵家を裁くというもの。

違うのは断罪の中心で動くのがルティウスということだ。

ユフィリアの断罪の際、ルティウスは『あなたたちの悪行もここまでだ。おとなしく法の裁きを受けろ。公爵家は僕が全身全霊を懸けて立て直してみせる』と高らかに宣言する。

その後、怪我が順調に回復したヒロインをルティウスが訪ね、想いを告白。

『最初はあなたのひたむきな強さに憧れました。あなたは特別な存在なんだと。けれど、あなたが僕を庇って怪我を負ったのを見た時に気づいたんです。あなたもまた、僕と同じ一人の人間にすぎないのだと。だからこそ、これからは僕があなたを護ります。たとえこの先、どんな困難が立ちはだかろうとも。僕と結婚してくれませんか？』とプロポーズする。

ヒロインはその想いを受け入れ、学院卒業後、二人はめでたく結婚した。

その後、周囲の厳しい態度に苦労しながらも、無事ハルディオン公爵家を立て直したルティウスは、正式に家を継ぐこととなる。

公爵家の領地経営と国の繁栄に心血を注ぎ、王位を継いだエルフィン殿下の第一の側近として辣腕を振るうのだ。

その傍らには、最愛の妻であるヒロインが常に寄り添っていた。

そして執務机で仕事をこなすルティウスにヒロインが背後から抱きつき、口づけを交わすスチルを背景にエンディングを迎える。

ルティウスルートのバッドエンドは、魔術の試験の時の怪我がもとでヒロインが命を落としてしまうというもの。

それに絶望したルティウスが、ユフィリアをはじめ、自分を虐げていた人間を皆殺しにし、魔族に変貌してしまい討伐されるというものだ。

一番幸せになってもらいたいのはエルフィン殿下だけど、ルティウスもこんなバッドエンドにはなってほしくはないな。

だって、とても健気(けなげ)でいい子なんだもん。前世では沢山の癒(いや)しを提供してくれたし。

「ふぅ……とりあえず、こんなところかな……」

「ルティウス」に関する攻略情報を書き終え、紙の束とペンを近くにあるテーブルの上に置き、伸びをしようと腕をあげた時だった。

「書き終わったのなら、少し見せてもらってもいいか？」

「あぁ、はい。どう……ぞ……？」

返事をして私は手をあげたまま、ぴしっと固まる。

――あれ？

「殿下……いつからこの部屋に……？」

口元をひくつかせながら尋ねると、紙をぱらぱらめくりながら内容に目をとおしていたエルフィン殿下が答える。

「ん？　お前が物憂げにルティウスとどう話すのかを悩んでいたあたりからだな」

「つ、つまり最初からいらしたわけですね」

まったく気がつかなかった……

なにか一つのことに集中すると周りの音が耳に入らなくなるこの悪癖、いい加減どうにかした方がいいかも。

「一応ノックはしたぞ？　返事がないのが気になって扉を開けたら、なにやら考え込んでいるようだったからな。様子を見ていたんだ」

殿下はそう言って私の顔を覗き込んだ。

「どうりでお前がルティウスのことで過剰に反応していたわけだな。あいつも『攻略対象』だったからか」

「っ、はい……」

どういうわけか殿下の声に棘があるのを感じた。

誤魔化すのは不可能だと思い、私は正直に頷く。

「お前……あいつの方がいいのか？」

「は？」

失礼なのは分かっていたけれど、予想だにしない問いに思わず間の抜けた声が出た。

殿下の顔を改めて一瞥（いちべつ）すると、不機嫌そうに頬をふくらませている。

怒っているわけじゃなさそうだけど……

どちらかと言えば、エドガーさんと初めて会った時と反応が似ている……？

「いえ……私は別にルティウスに恋愛感情なんてありませんよ。どちらかと言えば殿下の方がす――」

そこまで言いかけて、私は自分の口を素早く覆（おお）う。

危ない、うっかり「好きです」と言いそうになった。

好感度をあげてどうするの、私……！

殿下にはヒロインと結ばれてほしいのに、こんなところでさらっと告白しちゃったら計画が潰（つぶ）れるじゃない！

私が頭を抱えている間に、殿下の機嫌は上昇したようだ。最後まで言わなかったにしても、私が「好き」と口を滑らせたことが分かったみたい。

今さら「嘘です」などと言えるはずもなく、ご機嫌になった殿下が私の頬にキスをしても、されるがままだった。

そうして一とおり私を構いたおした殿下は、満足げな表情を浮かべながら口を開いた。

「まあ、いろいろ思うところはあるだろうが……そろそろルティウスが来る時間だ。私の執務室に行くぞ」

「あ、もうそんな時間ですか」

攻略情報を書くことに熱中している間に、約束の刻限になっていたようだ。

殿下に支えられて車椅子に乗り、私たちは部屋をあとにした。長い廊下を進み彼の執務室に着くと、殿下は私をゆっくりと椅子に移動させる。

お礼を言って、私は殿下を見上げながら話しかけた。

「正直、あの子となにを話せばいいのか未だに思い浮かばないのですが」

「基本は私からあいつに質問をするつもりだから、お前はルティウスからなにか尋ねられたら答えればいいんじゃないか？」

戸惑いを隠せない私に、殿下は首をかしげながら言った。

「は、はい」

そうだけど……でも、やっぱり不安だなあ。

壁にかけられた時計をチラッと見て、そろそろだ、と思っていた時。

「少々お待ちください」

「はい」

エドガーさんと、幼い子供の声が耳に届いた。

……ルティウスだろうか。

二人の声が外から聞こえてすぐ、扉を叩く音が部屋に響く。

「殿下、エドガーです。『例のお客様』をお連れしました」

「ああ。入れ」

エルフィン殿下が入室を許可すると、エドガーさんに伴われ、金色の髪と薄いオレンジの瞳が印象的な少年が現れた。

だいぶ幼いけれど、ゲームの「ルティウス」そっくりだ。

まぁ、本人なのだから当たり前かと一人納得して、彼の様子を眺（なが）める。

ルティウスは私の存在を認めると、一瞬大きく目を見開いたが、すぐにその表情を改めた。

そして、一旦立ち止まり、「失礼致します」と頭をさげて部屋に入る。殿下がいる執務机からやや離れた位置で止まり、胸に手をあてて再び低頭した。

「エルフィン殿下。ルティウス・フォルト・ハルディオン、只今参じました。本日はお時間をいただき、ありがたく存じます」

ルティウスのあまりに洗練された礼に、私は目を丸くする。

たしかこの子はまだ四つになったばかりだったはず。そんな小さな子供が、大人顔負けの礼儀作法を披露できるということは……

「ふむ。始祖竜(エンシェントドラゴン)の血の影響は疑いようがないな」

「――っ!?」

殿下の言葉に、頭をさげたままのルティウスはびくっと肩を揺(ゆ)らした。

「心当たりがあるのだな？」

王太子モードの殿下が、無表情のままルティウスに声をかける。しかし、その声音からルティウスの反応を面白がっているのが感じられた。

殿下って、ちょっとSなところがあるよね。

ルティウスは無言だったけれど、先ほどの様子から、始祖竜(エンシェントドラゴン)の能力が発現していることは間違いないだろう。

「頭をあげろ、ルティウス。今ここにいるのは信のおける者のみだ。お前も遠慮せず好きに発言してくれて構わない」

執務椅子に片ひじをついて殿下が告げると、ルティウスはようやく頭をあげた。

「……承知致しました。では、お言葉に甘えまして……これはどういうおつもりですか？」

声に怒りを滲(にじ)ませたルティウスが、懐(ふところ)から手紙を取りだした。

おそらく殿下が彼に宛(あ)てたものだろう。読んだ時に握(にぎ)り潰(つぶ)したらしく、よれてぐしゃぐしゃになっている。

「そのままの意味だが？　公爵がなにを言ったか知らんが、私は嘘偽りを述べた覚えはない」

「あなたのお言葉を疑っているわけではありません。元より私はあの連中の虚言を信じる気はありませんので」

なんとか普通にしていたけど、私は内心ひきつった笑みを浮かべていた。

主にルティウスの発言した内容のせいで。

ルティウス、あなた、曲がりなりにも実の両親を「あの連中」呼ばわりって……というか、虚言なんて、あの人たちはこの子になにを言ったのやら。

「ぼ――私に宛てたこの手紙。これには、『お前の姉の安否が知りたくはないか？』と書かれていた。いくらあなたが王族とはいえ、もしこれが父の目に触れていたら、どうなっていたとお思いですか！」

ルティウス、今自分のことを「僕」って言いそうになったよね。

いつもはそちらの一人称を使っているのだろうか。

それはともかくとして、さっきのこの子の発言、見当違いでなければ殿下のことを案じているように感じた。

やっぱり殿下の言っていたとおり、公爵夫妻と仲がいいとは言えないようだ。

「公爵は必要以上に騒げんさ。公にすれば終わりなのは、あちらの方なのだからな。それだけのことをユフィリアにしたんだ。まあいずれ粛清する予定だったから、早いか遅いかの違いでしかないが」

「……？　姉上に暴力を振るっていたことがそこまでの罪になるのですか？」

殿下の物言いに引っかかったのか、ルティウスは眉をひそめた。

「そうか。さすがにお前も今回の一件は知らなかったらしいな」

「っ!?　あの連中、姉上になにかしたんですか!?」

かっと目を見開き、ルティウスが声を荒らげる。

そんな彼を殿下が手招きする。ルティウスは怪訝な顔をしながら側に近寄った。そして殿下がぼそぼそと耳打ちをすると、ルティウスの顔が段々と険しくなっていく。

そんな彼らの様子を、私はおどおどしながら見つめた。

なにやら二人して黒いオーラを撒き散らしているけれど……殿下、ルティウスになにを言ったのだろう。

そもそも、私が口を挟む隙もないわ。

殿下、……さっきから私、空気なのですが。

そう思って若干やさぐれていると、内緒話が終わったようでルティウスが初めの位置に戻ってきた。

そしてため息をつきつつ、口を開く。

「——承知致しました。今の私でどこまで探りを入れられるかは分かりませんが、やれるだけやってみます」

「構わない。内部から情報がもたらされれば、早くに決着をつけられるだろう」

「姉上のために頑張ります」

「そこは国のためにと言ってほしいところなんだが……お前はそういう奴だと思うべきか」

「仰る意味が分かりかねます」

「いや、うん、気にするな。こちらの話だ」

遠い目をした殿下の呟きに首をかしげるルティウス。

どうやらさっきの内緒話で、ルティウスがハルディオン公爵家を調べることになったようだ。

でもその動機が私のためって、もしかしなくても……ルティウス、シスコン？

どうしよう。また疑問が増えた。

「そういえば聞きたいことがあるんだが」

「なんですか？」

「お前は何故そこまでユフィリアを気にするんだ？　彼女の話を聞く限りじゃ、お前たち、ほぼ接点がないということだが」

殿下がついに、私がずっと気になっていたことの核心を衝いた。

「それは――」

ルティウスは言い淀むと、黙り込んでしまった。

私もなにか声をかけた方がいいかもしれない。先に言っておくけど、決して蚊帳の外が寂しかったわけではないからね。

「あの、ルティウス？」

「っ!?」

恐る恐る話しかけると、がばっ！　と勢いよく頭をあげたルティウスの視線が私に向いた。

彼の大きな瞳は、どういうわけかうるうると潤んでいる。

突然変わったルティウスの様子に、私だけでなくエルフィン殿下も驚いている。

「姉、上……」

ルティウスが一歩ずつじりじりとこちらへ歩み寄ってくる。

途中ルティウスはちらっと殿下を一瞥し、視線を私に戻したと思うと……駆け足で飛び込んできた。

「姉上っ!!」

「わあ!?」

ルティウスの勢いに驚いて、私は思わず叫び声をあげた。

どーんという効果音つきで、ルティウスが私に抱きつく。

その勢いの凄いこと……危うく椅子から転げ落ちそうになった。

そんな私を、いつの間にか背後に回り込んでいた殿下が支えてくれたことで事なきを得た。

けれど、今度は別の問題が浮上する。

「姉上……姉上ぇ……」

「うっ」

私の名前を呼ぶにつれ、ぎゅうぅ、とルティウスの抱きしめる力が強くなってきた。

そろそろヤバイかもしれない。

早くルティウスを止めなければ――落ちる。

「る、るてぃ……うす……」

私はバンバンとルティウスの背中を叩いた。

本当にヤバイ……！

「ん？　どうしました、姉上！　どこか具合が悪いのですか⁉」

私の苦しげな声を聞いたルティウスは、はっと私の顔を覗き込む。そして私の顔を認め、血相を変えて叫んだ。

「ぢがら……ゆるめで……ぐるじい……」

「ルティウス、少し力を緩めろ。そのままだと、ユフィリアが落ちる」

「へ？　――あ」

殿下が呆れた様子で言うと、ルティウスは自分の腕を見下ろす。

最初はよかったんだよ、追突された衝撃だけだったし。

でも、抱きつく腕に力が入り始めたあたりから、ヤバかった。

治りきっていない怪我が痛み、朝食べた食事が戻りそうになり、最終的には段々と意識が遠のいていくのを感じたわ。

なにか花畑的なものが見えたのは、気のせいだと思いたい。

「も、申し訳ありません」

謝りながら、ルティウスは力を緩めてくれた。

……私から離れることはなかったけど。

「大丈夫か？　ユフィリア」

エルフィン殿下が、なんとも言えない表情で私の顔色を窺う。

「はい……」

私はようやく首を縦に振った。

「今にも死にそうな様子で見栄を張るな。こちらへ来い、エドガー！」

何故だか分からないけれど、私に全力の好意を向けてくれているルティウスを傷つけたくなくて、誤魔化そうとしたのだけれど、その思いは殿下ににべもなく切って捨てられた。

「は、ではユフィリア嬢、失礼します」

「あ、はい」

殿下の命令を受けて、近寄ってきたエドガーさんが私をそっと抱きあげる。

やはりというか、ルティウスはすぐにそれに反応した。

「な!?　なにをしているんですか！　姉上を支えるくらい、僕が！」

「落ち着け、ルティウス。支えるだけで移動できるなら私がやっている」

「どういう意味ですか？」

たしかに始祖竜（エンシェントドラゴン）の力が覚醒（かくせい）している殿下なら、私を支えることなど造作もないだろう。それなのにエドガーさんに私を任せているのはおかしいとルティウスも気づいたようだ。

「……っ、殿下、それは――」

「ユフィリア。さすがにこの一件はルティウスとも情報を共有すべきだ。それに、どうあっても隠し続けられるものでもない。ならいっそ、今話してしまった方がいい」

うろたえるルティウスを横目に、殿下が私にさとすように言う。

その言葉に、私は眉尻をさげながら答えた。

「……はい」

「とにかく、話はあとだ。ユフィリアを休ませるためにも、部屋を移動する。ルティウスも聞きたいことはあるだろうが、黙ってついてきてくれ」

「っ……分かりました」

ルティウスは私の方を気にしながらも、不承不承（ふしょうぶしょう）に頷（うなず）いた。

エルフィン殿下の執務室を出て、私が療養している部屋に辿り着いた。

全員が部屋に入るのを確認したエドガーさんが、私をベッドにそっと下ろしてくれる。

「少し待っていろ」

そう私に声をかけると、殿下が服の袖を捲る。殿下の様子を、ルティウスはわけが分からないという表情で見ていた。

いきなりなにをしようというんだ、と思っているのだろう。

「……ありがとうございます、殿下」

「ん、気にするな。宮廷医師の話ではやらないよりはマシ程度だと言っていたしな。まあ、今のところ効果はなさそうだが」

殿下は小さく笑うと、ベッドに座る私の足を魔力を纏わせた手で軽く揉みほぐす。それが終わると、足元を隠すように上がけをかけてくれた。

ちなみにルティウスは、殿下が私の足に触れた時点で硬直した。

まあ、当たり前の反応だと思う。

今の年齢だとしても、異性の体に馴れ馴れしく触れるものではないのは子供でも分かるし。

そして殿下が離れた直後、硬直が解けたルティウスは彼に詰め寄った。

「なっ……なにをなさっているんですか！　なんで姉上の足に魔力を纏わせる必要が……？」

しかし、ルティウスの言葉は最後まで続くことなくしぼみ、徐々に顔色が悪くなっていく。

その様子を見て、私は悲しげに微笑んだ。

この子は聡い。まだなにも説明していないのにもう答えまで辿り着いたのが、その反応で分かる。

「嘘、でしょう……？　だって、さっきは普通に椅子に腰かけていたのに……」

ルティウスは体を小さく震わせながら、私をじっと見つめる。

「もう分かっているんだろう？　お前が飛び込んだ時、ユフィリアは自分の体を支えきれなかった」

「殿下が姉上を支えていたのは……僕がぶつかった勢いで椅子から落ちそうになったから、ではなく――」

ルティウスは確かめるように一言一言ゆっくりと話す。その目には不安と嘆きの色が浮かんでいる。

そんな彼を目の前にして、殿下は沈痛な面持ちで俯いた。

「ああ。現状、ユフィリアの足はまったく動かない。ユフィリア本人の話だと、感覚もないらしい。宮廷医師の見立てだと、この先も動くようになるか分からないそうだ」

「――っ」

殿下の台詞に、ルティウスは言葉を失くした。

そう。殿下の言うとおり、実は私の足は今のところ動かないのだ。

ちなみに、私がそのことに気づいたのはついこの間のことだった。


窓から見える美しい庭園を散歩してみたくなり、外に出る許可をもらうためベッドから立ちあがろうとした時だった。

思ったとおりに足が動いてくれず、私はバランスを崩しベッドから落ちてしまう。

部屋の床がふんわりとした絨毯であったことが幸いし怪我はなかったけど、落ちた瞬間をエルフィン殿下に目撃されていたのはいただけなかった。

すぐに宮廷医師が呼ばれ改めて私の体を診察したところ、驚愕の事実が判明する。

なんと私の両足は魔力が通っておらず、歩くことはおろか立つこともできないとのことだった。

これは推測でしかないのだけれど、公爵家で行われた、「宝珠」を使ったなんらかの実験による弊害ではないかと思っている。

魔法がある世界にお決まりのパターンとでもいうのか、この世界には治癒魔法以外の医療手段がない。

正確にいうなら、人の手による医療技術が発展していない。簡単な止血くらいはできるそうだけど、そもそも魔法以外で治療しようという概念がないのだ。

前世の世界みたいに、機械などを使っての精密な検査ができないため、目に見えて分かる怪我や病気でもない限り、発覚が遅れてしまうことも珍しくないのだとか。

私自身も、足のことはまだ怪我が治りきっていないから痺れているだけかな、と安易に考えていた。

しかし今の私の足は、上半身で魔力がせき止められているような状態らしい。

外部から魔力を流して刺激を与えれば魔力が再び循環して動くようになるのでは、と殿下が推測し、こうして毎日魔力を流してくれる。

宮廷医師は、『上手くいけば儲けものですし、片っ端から試してみましょうか』と言ってくれた。

足が動かないと知った時、私は呆然とした。

このままだと、ヒロインに嫌がらせをすることはおろか、ゲームの舞台である魔法学院に入学することすらできない。

でも幸いにして、私は殿下をはじめ多くの人に支えてもらっている。

エルフィン殿下のハッピーエンドのためにも、なんとか自分でも治す方法を探さなければ。

エルフィン殿下の説明を聞きながら改めてそう考えていると、すぐ近くに立つルティウスは信じられないとばかりに呟（つぶや）いた。

「そんな……だって、少なくとも前は歩けていたはずなのに。いや、だから姉上はあの時……」

ルティウスは、思案げな表情で自問自答をする。

彼の言葉が気にかかり、私は思わずルティウスに問いかけた。

「あの時って……？」

「それはいつの話だ？」

殿下も気になったようで、あとに続く。

するとルティウスは視線をこちらに寄こして、おもむろに口を開いた。

「たしか、二年ほど前だったはずです。その時僕は初めて姉上とお会いしたんですよ」

「二年前？」

ルティウスの話を聞いて、私は首を捻（ひね）る。

「だそうだが……やはり思い出せないか、ユフィリア」

「いつだったかは定かじゃないのですが、小さな男の子に会った記憶はぼんやりとありますね。そっか……この記憶の男の子、あなただったの」

以前、脳裏を掠めた小さな金髪の男の子。それが、ルティウスだったようだ。

そう言った私は、ルティウスが喜ぶ姿を想像したのだけど……彼は私の予想に反して泣きそうな顔をしている。

「ルティウス……どうしたの？」

「覚えていて……くれたんですか……」

「う、うん。他の記憶はほぼないに等しいけど」

ルティウスの表情に戸惑いを覚えながら、私は頷いた。

「あの時の姉上の様子が変だったもので……殿下から公爵家の実情を聞かされ、記憶を失った姉上は、もしかしたら僕のことも恨んでいるんじゃないかと……」

涙混じりの声で、ルティウスは俯き加減に語る。

私がルティウスを恨むなんて、そんなことあり得ない。むしろ――

「私の方があなたに疎まれているんじゃないかと思っていたわ」

私の言葉を聞いた彼は、ぱっと頭をあげた。

「そんなわけない！　僕にとって姉上はっ！」

ルティウスが叫んだ瞬間、凄まじい圧の水蒸気が彼の周りに満ちた。

空気が爆発したんじゃないかと思うくらいの勢いだ。

「――っ！　落ち着け、ルティウス！」

感情が昂るあまりルティウスから溢れた魔力を、殿下が『魔力喰い』の能力で取り込んでいく。

そうして部屋中に満ちた水蒸気が一瞬で消えると、ルティウスはすぐに我に返った。

「あ……」

「はぁ、びっくりした……。殿下、ありがとうございます。――殿下？」

ほっとした私は、エルフィン殿下にお礼を言おうと視線を向けた。

しかし、殿下は自分の掌を不思議そうに見ている。

……どうしたのかな？

じっと殿下を眺めていると、ルティウスが地につかんばかりに頭をさげた。

「申し訳ありません！」

「あ……あぁ、気にするな。それより、話を聞かせてもらえるか？　何故お前がそこまでユフィリアを気にかけるのかを。そして二年前のことも」

殿下が真剣な表情を浮かべてルティウスを促す。

「そう、ですね。姉上の事情を聞いて、僕もあの時のことが全て腑に落ちましたし……」

そう言ってルティウスは、自分の生い立ちを話し始めた。

ルティウスが自分は普通の子供とは違うと気づいたのは一歳になる頃だった。

生まれて半年が経つ頃には普通に歩き始めていたし、自我も芽生えていた。

話せるようになると屋敷にある本を読み漁り、この国の成り立ちや、王家の特殊な血統、ハルディオン公爵家にもかつて王女が降嫁したことなどを知る。

そして、自分の特異性は王家の「特殊な血」の影響なのではないかと考えていたとか。

両親は人並み以上の能力を持つルティウスにこれでもかというほど愛情を注ぎ、期待を向ける。けれど、ルティウスはそれを素直に受け止めることができなかった。

というのも、早いうちにハルディオン公爵の目が権力欲に歪んでいることに気づいてしまったからである。

ルティウスは自分が政略の駒として利用されるであろうことを本能的に感じたという。

　この時、彼はハルディオン公爵が裏で様々な犯罪に手を染めていることにも気づき始めていたところだった。

　この辺はゲームシナリオと似ているような気がするんだけど……ゲームの「ルティウス」とは違う意味で荒(すさ)んでいる気がする。

　そうしてハルディオン公爵家への不信感が募(つの)ってきた頃、使用人たちの噂話で姉であるユフィリアの存在を知る。

　一度姉上と会って話してみたい。もしかしたら、この孤独な気持ちを姉上となら分かち合えるかもしれない。

　そう思ったルティウスは、秘密裏に私を探し始めた。

　始祖竜(エンシェントドラゴン)の加護があるといっても、ルティウスは知力に特化しているのか身体能力は年相応。

　長時間は歩けなかったため進捗(しんちょく)状況は芳(かんば)しくなかった。

　敷地内を探し続けていたそんなある夏の日のこと。

　その日は照りつける太陽に、いつも以上に体力を奪われて早々にふらふらし始めてしまった。

　疲労が濃くなり木陰で休もうと木の根本に座ると、眠気に負けて瞼(まぶた)がおりた。

しばらくして、側になにかが寄り添った感じを覚える。

公爵家の人間に気を許すことのなかったルティウスは、誰かが側に来れば、たとえ寝ていてもすぐに目が覚めて警戒態勢になるくらいだとか。

にもかかわらず、その時、側に来た者から感じる魔力に安らぎを感じ、夢現のままぼうっとしていたそうだ。

誰だろうと思いようやく目を開けると、そこに見慣れない女の子がいた。

『な、なに!? 君、誰!?』

一気に眠気が覚め、ルティウスは慌てて立ちあがった。

なんとか冷静さを取り戻すと、改めて隣に座る女の子を眺めた。

水色がかった銀色の髪は、手入れがされていないのかぼさぼさなのに対して、瞳の色は角度によって色味が変わる不思議な色合いをしていたという。

正面から視線が合った瞬間、本来の瞳の色は薄いオレンジだと分かった。

着ているドレスは、ずいぶんとくたびれているが、元は質のよいものだったのだろうと見て取れる。まるで貴族令嬢の着る物のように。

そこまで思い至って、ルティウスは、はたと気づいたらしい。

もしかして、この女の子が腹違いの姉、ユフィリアなのでは、と。

というのも、彼女の容姿が以前使用人から聞き及んでいたものと完全に一致していたのだ。

しかし、この女の子が自分の姉なら、一つ年上のはず。

なのに、ユフィリアの体つきは当時のルティウスから見ても幼く小さかった。

最初「腹違いの姉」と気づけなかったのは、その外見も原因だろう。

『……？』

動揺する彼をよそに、ユフィリアは無表情のままこてんと首をかしげる。

その姿を見据えると、ルティウスはあるものに気づき思わず顔を歪めた。

それは、服の下から見え隠れしている大量の傷跡や痣だった。

『姉上は、ロクな扱いをされていないどころか、暴力まで振るわれていたのか⁉』

ルティウスは湧きあがる怒りから、体を震わせたとか。

ふとルティウスは小さな違和感を覚えた。何故姉はさっきから一言も言葉を発しないのか、と。

なにかを呟くような素振りすらない。ただそこに座ってルティウスを見ているだけだ。

その顔に感情はまったく浮かんでおらず、まるで人形のように感じる。

『ねぇ、君は僕の姉上のユフィリアだよね？　お願い、返事をしてよ』

ルティウスはそう言って、私の肩を軽く揺すった。

しかし、ユフィリアは言葉を発することなく、彼を見つめる。

その姿を見て、ルティウスは『この人は音を作れないために喋れないいんじゃない、「話し方を知らない」から、喋れないいんだ』と悟ったという。

そして時間が経つにつれ、ルティウスは血の気がひいていくのが分かった。

この分だと、こちらの言葉を理解しているかも怪しいと思わざるを得ない。声は聞こえていても、肝心の言語を習得していなければ返答のしようもないからだ。

感情が動く様子がないのも、感情の表し方を……普通ならば親兄弟、あるいは周囲の人間との交流で培っていくはずのそれを、まるで知らないからだろう。

そうルティウスが当時の話をしていて、私は一つ気づいた。

私に記憶がほとんどないのは、「記憶喪失だから」じゃない。「記憶に残るだけの思い出がほとんどない」からなのだ。

それはともかく、ルティウスは、自分が甘やかされている陰で、家畜にも劣る扱いをされた姉がいたことにショックを受けた。

このハルディオン公爵家はそこまで腐っているのか。自分にはそんな外道の血が流れているんだ。

そんな絶望感が頭の中に渦巻き、ぎゅっと目をつむったその時――

ルティウスの頭をなにかが優しく撫でた。

今この場にいるのは二人だけ。

驚いて目を開けてみると、撫でていたのは私だったそうだ。

その時の私は、何故ルティウスが悲痛な顔をしているのか、理解してはいなかっただろう。

自分のことなのに、他人事のようにしか予測できないけど、「なにかしてあげなくちゃ」と反射的に動いたのかもしれない。

そんな私の思いもよらぬ行動に、ルティウスはされるがままだったそうだ。私の行動に驚いて、涙が頬を伝っていることに気づかなかったくらいに。

ルティウスいわく、その時の私から陽だまりのような暖かさを感じ、それが心地よくて、自分でもよく分からないままに涙が溢れて止まらなかったのだという。

しかし、ルティウスとユフィリアのそんな時間は、使用人たちがルティウスを探す声が聞こえたことで終わりを告げる。

なんとか動揺する気持ちを抑えつけ、ルティウスは平静を取り繕ったものの、公爵には勘づかれたようだ。

後日、公爵が書斎にルティウスを呼びつけた。

『ルティウス。お前、アレに会ったな？』

室内に入るなり公爵から向けられる鋭い目に、ルティウスはざわざわとした焦りを背中に感じた。

『アレ、とは？　なんのことを仰っているのですか』

しかし、ルティウスはその気持ちを必死に隠して素知らぬ顔で尋ね返す。

するとと公爵はふっと小さく鼻で笑った。

『とぼけるな。お前がこそこそと屋敷を嗅ぎまわっていたことを知らぬとでも思っているのか？　で、だ。お前、アレが欲しいのか』

『っ⁉』

『ふっ、その反応で充分だ。ではお前に渡す前に調整しておかなければな』

『なっ⁉　父上、どういう意味ですか⁉　きちんと説明してください』

『話は以上だ。出ていけ』

慌てるルティウスをよそに、公爵は嬉々とした表情を浮かべ書斎から退室を促した。

ルティウスは、呆然としてしばらく部屋の前で立ち止まったままになってしまったという。

その後、私に会えることもなく一年が経過した。

私に関して言葉にできない不安を感じたルティウスは、度々公爵に尋ねたそうだ。けれど、返ってくる言葉はいつも『もう少し待て』だった。

まあ、その頃の私は実験台にされていたから、ルティウスには会わせられなかったのだろうけど。

さらに半年後、王家主催の茶会の招待状がルティウスのもとに届く。『アレが欲しければ、王太子殿下のご機嫌を取って側近候補に選ばれることだな』と公爵に言われて送り出された。

これが、殿下も言っていた、ルティウスと初めて会った時の話だ。

茶会当日、挨拶をしたルティウスは、まるで隙のない殿下の完璧な立ち居振る舞いと鋭い目線に戦慄したとか。

まあ、それはさておき。他の子息たちの様子は年相応のたどたどしいものだった。

よくよく考えれば当たり前の話なんだよね。

五歳かそこらの年齢で、大人顔負けの振る舞いができる殿下とルティウスがおかしいだけだ。

由緒（ゆいしょ）正しい家柄の子息といってもこんなものか、そんなふうにルティウスが周囲を冷めた目で見ていた時だった。

『ずいぶん退屈そうだな？』

『――っ!?』

突然殿下に声をかけられたことに、ルティウスは内心かなり動揺した。「年相応の子供」の仮面が剥（は）がれるくらいには。

『そんなことはありません。お菓子も紅茶も大変美味（おい）しいので、夢中になってしまって。他の方たちとの交流を忘れていた自分に呆れていただけです』

そうなんとか返したものの、ルティウスは焦っていたのだろう。言葉遣いが明らかに年相応でないことに気づかなかった。

しかし目をすがめた殿下を見て、すぐに自分の失態、子供らしい振る舞いができなかったことに気づく。

そして、内心『家名を聞いただけでも警戒対象にされただろうに、さらに疑いを強める真似をしてどうする!?』と自身を罵（ののし）った。

殿下の様子から、自分が探られているのは明らかだ。

もしかしたら、殿下はハルディオン公爵家が悪に手を染めていることをすでに勘づいているのかもしれない、と冷や汗が流れる。

当然、そんなとっさの誤魔化しに騙されてくれる殿下ではないわけで。

『そうか。その割には大して量が減っているようには見えないが』

『……っ』

この時、ルティウスの動揺は最高潮に達した。

なにせ警戒を強められ、さらに揚げ足を取られたのだ。

実際問題、お茶菓子はほとんど減ってはいなかった。

ちなみにルティウスは、もっといい言い訳はなかったのか、と公爵家に帰ってから自責したらしい。

『茶会に来たのは父親の命令か？　目的はなんだ』

『――はい⁉』

そして次の瞬間、ルティウスに向かって殿下から物凄く直球な問いかけが飛んできた。

この時のことについて殿下は、「し、仕方ないだろう！　私だとて思いの外大人びていたルティウスを警戒はすれど、信用はできなかったんだ。それにもしかして、こいつも始祖竜の能力が発現しているのかと思うと嬉しくなってついな……」と語っている。

ここでルティウスが子供らしく醜態を晒していたら、殿下も気のせいかですませたのかもしれない。

しかし悲しいことに、ルティウスは逆に冷静になった。頭が冷えた、ともいう。

ここは本音を語るしかない。信じてもらえればよし、もし駄目でも姉を救うきっかけにはなるだろう、と腹を括ったらしい。

『誤解なさらないでいただきたい。少なくとも私は父の——ハルディオン公爵の意に添うつもりはございません」

『ほう……？』

毅然とした態度で自分を見つめるルティウスを、殿下は口の端をあげて面白げに見返す。

『まだ年端もいかない身ですが、我が公爵家がどれだけの罪を重ね続けているのかは分かっているつもりです。ですが今の私では父上に簡単に潰されてしまうでしょう。だからこそ、今は耐えるしかない。いずれあの家は罪を償う時が来る。いえ、私が公爵家を断罪します。彼女のためにも——』

ルティウスはそっと、けれど力強く宣言する。

殿下は無言でルティウスの決意を聞いていた。

言いたいことを言い終え気が緩んでいたルティウスは、次の殿下の言葉で再び余裕をなくす。

『彼女、ね。その年でもう想い人がいるのか』

『え？　――っ⁉　なっ……そ、そそそんなわけないでしょう⁉』

『しっ――！　声が大きい……！　からかって悪かった。少しは和（なご）んだ空気になるかと思ったのだが……」

動揺のあまり思った以上に大声になっていたようで、周りの視線がルティウスに集中した。

ルティウスを小声で制した殿下は、あえて周りに聞こえるように、冗談だったと思わせる言い方をする。

事実、殿下のその一言で、茶会に来た子息たちは途端に興味をなくし、再びお菓子に夢中になり始めた。

『も、申し訳ありません……」

『いや、私の方こそ不躾（ぶしつけ）な質問をして悪かった。もっと言葉を選ぶべきだったな』

『いえ、私が過剰に反応してしまっただけですから』

『そうか。ならば、この件はこれで手打ちにしよう。お前たちもそれでいいな？』

エルフィン殿下のその一言で、ルティウスは殿下の護衛をしていた騎士たちから警戒の眼差(まなざ)しを向けられていたことに気づいた。

どうやら、殿下との話に集中するあまり、騎士たちからどう見られているのかを気にする余裕がなくなっていたようだ。

手打ちということは、殿下との会話もここまでにした方がよさそうだと、ルティウスは謝罪の言葉と共にその場を辞した。

そうしてエルフィン殿下とルティウスの初の邂逅(かいこう)は終わった。

ルティウスの心の中は、不思議と充足感があったそうだ。なんだかんだ言って、話を聞いてもらえたからかもしれない、と。

そんな出会いから半年後。エルフィン殿下から思わぬ手紙が送られてくることになるとは、この時のルティウスは思いもよらない。

まあ、普通は思わない。ましてやそれが、『お前の姉の安否が知りたくはないか？』なんて穏やかじゃない文面だとは。

「――というのが僕のこれまでのことです」

ルティウスが話してくれたことは、エルフィン殿下が知り得た情報を補完するものでもあった。

といっても、ルティウスが知っているものだけでは、ハルディオン公爵家が断罪に値するという証拠には弱いらしい。

ひとまずルティウスは公爵家へ戻り、公爵家の内部から探りを入れてみるとのことだ。

ルティウス一人をあの家に帰すのは不安だった。けれど、「姉上のために」と奮起するあの子に水を差すようなことはできなかったのだ。

それに、エルフィン殿下が『私の側近候補の一人にルティウスを指名するから、心配するな』と言っていた。

とりあえず公爵を納得させてしまえば、ルティウスに関しては口煩(うるさ)く言われないだろう、と見越してのことだ。

ここは、下手に騒がず二人を信頼しようと思う。

『スピ愛』が始まるのは私が魔法学院に入学することになる年——ちょうど十年後だ。

たぶん、「ゲームの殿下たち」が、公爵家の断罪の証拠を学院にいながら揃(そろ)えられたのは、この十年の間もずっと調査をしていたからなのだろう。

考えると先は長い。

けれど、私も断罪のネタを提供すべく、学院に入学したらヒロインを虐(いじ)めなければ！
破滅フラグを立てていくぞ、と一人息巻いている私は、殿下にじっと見つめられてい
ることに、気づかなかった。
そしてこの時から、「破滅フラグを立てようと奮闘する私」と、「破滅フラグを叩き折
ることに全力投球してくる殿下」との攻防が始まったのだ――

第五章　ある日の教育模様

「――今日のところはここまでに致しましょう」

「は、い……ありがとうございました」

ルティウスとの再会から早数ヶ月。

怪我の具合もすっかりよくなった私は、前々から約束していたとおり陛下と王妃様に謁見した。

王妃様は、『私には息子しかいないから、娘が欲しいなって思っていたのよ！』と、かなり私のことを気に入ってくれたようで、直々に淑女教育をしてくれることになったのだ。

乙女ゲームでは悪役令嬢のユフィリアに興味を示していなかっただけに、今世とのギャップに戸惑いを隠せない。

『私が素敵な淑女にしてあげますわ！』という王妃様からの謎の情熱をぶつけられ、座ってできる礼儀作法を一とおり叩き込まれている最中だ。

貴族令嬢として常識のお茶のマナーとか。社交界での話題についていけるだけの政治的な知識の習得とか。なによりも一番身につけるべき、王族のルール。

ダンスも足が動くようになってから実践しましょうねとばかりに、知識だけを徹底的に叩き込まれている。

そんな日が続いていたある時、私ははたと気づいた。

これ、どう考えても一般的な貴族令嬢としての教育じゃないよね。王太子妃としての教育だよね……!?

幸いなのはそのスパルタ教育に、今のところなんとかついていけていることだろうか。

……ゲームではユフィリアの学院での成績はかなり酷いものだったのだけど、あれは、甘やかされた彼女が、勉強を嫌がって逃げていたせいかもしれなかった。

それはさておき、私の足は相変わらず動く気配はない。

殿下によるマッサージを継続してもらいながら、宮廷医師と一緒にあれこれ治療を試しているのだけど、一向に成果がでていないのだ。

元々そんなに早く治るものではないとは思っていた。ただ、このままだったら悪役令嬢として破滅ルートに進みづらくなるという懸念は常にある。

それに、リハビリがなかなか進まない最たる原因は、王家の皆様からちょいちょい妨害……違った、お誘いがかかるせいだと思う。

国王陛下とか、王妃様とか、エルフィン殿下とか、王妃様とか、王妃様とか……

……まあ、つまり、主に王妃様に『これも淑女教育の一環よ！』という言葉と共に、問答無用で領地視察や、買い物やらに連れ出されるせいだったりするのだ。

つい先日なんて、こんなことがあった。

部屋で一人読書をしていたところ、唐突に扉が開かれた。

『何事!?』と思い部屋の入り口を見ると、そこにはにこにこと満面の笑みを浮かべた王妃様がいらっしゃった。

『ユフィリア！　今から王都へあなたが着るドレスを仕立てに行きましょう！』

『……王妃様。せっかくのお誘いですが、私これからリハビリ――もとい、足の治療の時間なのです』

壁にかけられた時計を見ると、あと半刻で治療の時間だ。

『治療はあとでもできるわ。でも、季節物のドレスは今しか仕立てられないのよ！』

という感じに押し切られ、結局この日は出かけるはめに。

しかもこの時、代金は王妃様のポケットマネーでの支払いだった。

エルフィン殿下はどうしたって？

お誘いがかかる時はいつも私とセットで行動してるけどなにか？

『執務はどうされたんですか？』と聞くと、百パーセントの確率で『たまには子供らしく外で遊んでいらっしゃい』と執務室から追い出されているそうだけど、なにか？

ちなみにこの世界、馬車しか長距離移動できる乗り物がなく、どうしたって移動に時間がかかる。

移動しながらできるのがマッサージくらいしかないため、結果、他の治療がなかなか試せず遅々として進まない。

そして現状、マッサージを任されているのがエルフィン殿下だから、彼も同道することが端から決まっているというわけだ。

……まあ、エルフィン殿下、私とあちこち出かけられるのが嬉しいみたいだけど。

やっぱりわんこに見えるなあ……といつも心の中で思っているのは内緒だ。

それに、部屋の中で勉強しているだけでは得られないものも多いから、ありがたくはある。

ありがたくはあるのだけどリハビリのことを考えると……まさに気分は一喜一憂だった。

そして私は王妃様に一言、言いたいことがあるのだ。

視察先で、その地の領主様に『未来の娘よ（ニヤリ）』と毎回紹介するのはどうなんですか。心得た！　とばかりに私への扱いが王族のそれになった領主の方にも物申したかったけれど。

かといって、甘やかすのはプライベートの時だけで、座学の時は厳しい王妃様。

きちんとこなせば褒めてくれるので、嬉しくて頑張り、さらに褒められ評価があがるを繰り返している状態だ。

前世の時は、優秀であることは疎まれこそすれ、褒められることなどなかった私はそれはもう張り切った。

そしてこの時の私は気づかなかった。

王家の皆様が一致団結し、私の優秀さをウリにしてこっそり外堀を埋め始めていたことを。

それはもう、コンクリートで舗装された道路のように、しっかりと。

第六章　幼馴染(おさななじ)みと書いて『脳筋』と読むようです

　王妃様からの愛の鞭(むち)を受けながらすごしていたある日、エルフィン殿下が私の部屋にやってきた。

「ようやく、母上の実家であるフェルヴィティール公爵家が、お前を正式に養子として迎える手続きが完了したぞ」

　突然の殿下の言葉に、私は目を瞬(しばた)かせる。

　そういえば、意識が戻ってすぐの頃にそんな話がでていたっけ。あれから早半年が経(た)っている。

　最短でも一年はかかるといわれていたし、本当に縁組が成立するとは思っていなかったため、虚を衝(つ)かれたような気分だ。

「そうですか。本当にお気遣いいただいてありがとうございました。でも、よく『娘を返せ』と王城に怒鳴(どな)り込んできたハルディオン公爵が養子縁組を許しましたね。それこそ誘拐(ゆうかい)だ！　なんてまた言ってきそうなものですけど……」

ハルディオン公爵のことはずっと気になってはいたけど、毎日なにかと目まぐるしくて、すっかり聞かず仕舞いになっていた。

「ああ、その件だがな、ルティウスをこちらの味方につけられたのが効を奏したな」

「え？　どういうことですか？」

首をかしげる私に、殿下はことの経緯を説明してくれる。

エルフィン殿下いわく、私をハルディオン公爵家へ返さないようにするためには、『他家との養子縁組しかない』という結論が、私を保護して早々にでていたそうだ。

問題だったのはその方法。

前述したとおり、勝手に養子縁組を行ってしまってはハルディオン公爵から抗議される。それを防ぐためにはどうしたらいいかとエルフィン殿下は頭を悩ませていたらしい。

だが、意外にも簡単に解決の糸口は見つかる。それはルティウスからのある提案だった。

つい先日、エルフィン殿下の正式な側近候補として選ばれたルティウスが、改めて挨拶に来た時のことだ。

私のことについてルティウスと話し合ったところ、養子縁組についての話題もでたのだとか。

その際、ルティウスがこう言ったのだそうだ。

殿下と机を挟んで真向かいに座ったルティウスは、紅茶を一口飲み殿下に目を向けた。

『ならば、公爵の方から「養子にだしたい」と言わせればいいのですよね？』

『それが一番望ましいが……自ら言うか？　あの公爵が』

難しい表情を浮かべる殿下を、ルティウスが自信ありげな顔で見つめる。

『殿下。数ヶ月前にお会いした時、私が話したことを覚えておいでですか？』

『……どの部分だ？』

『姉上と会ったことを気づかれた時に、私が公爵に言われたことがあったでしょう？

「アレが欲しいのか」と。それを利用させてもらいます』

そう言って、ルティウスがニヤリと悪い顔をしながら笑う。

『どうするつもりだ？　ルティウス』

『ご心配なく、殿下。姉上に危害が及ぶようなヘマなどしませんので』

殿下のその問いに、ルティウスは自分の策を説明してくれたそうだ。……シスコンな発言はこの際置いておくことにしよう。

ともかく。後日ルティウスが立てたその作戦は実行に移され、見事成功する。

内容は簡潔にまとめるとこんな感じだ。

帰宅してすぐ、ルティウスはハルディオン公爵にある言葉を投げかけた。『姉が王城にいるというのは本当ですか』と。

それに公爵が反応したのを見て、ルティウスは言葉を続けた。

『以前仰(おっしゃ)いましたよね、「アレが欲しいのか」と。父上、私は彼女が欲しいです』

突然の言葉に面くらう公爵を、ルティウスは上手く誘導していった。というか、『矢継ぎ早に言葉を捲(まく)し立て、反論の隙(すき)も与えなかった』らしい。

『幸いにしてこの国では近親婚が認められているでしょう？　なら私の伴侶にしてしまえば取り戻せます』

『それでも彼女が「ハルディオン公爵令嬢」では少し外聞が悪いですよね』

『まずはどこか縁戚の家に養女として引き取ってもらいましょう？　そうすれば父上が頭を悩ませている、彼女に関しての王家からの追及も逃れられます』

『そのあとで私が彼女との仲を深めればいい。私に夢中にさせればこちらのものです。向こうから望んで私との婚姻を結ぶのですから、王家の横やりなどどうとでもできます』

『そうすれば、宝珠(ほうじゅ)もついでに取り戻せる。一石二鳥というわけです』

ルティウスの現在の年齢を考えると言葉の内容はアレだが、公爵にとって重要なのはそこではなかったため、特に否定もされなかったとか。

長い目で見れば、いずれ私は公爵家へ戻ることになるのだから、文句などなかったようだ。

ルティウスとの話の翌日、公爵は王城へ赴き、『我が家へ戻せぬというなら、娘の幸せのために養子にだしたい』と申し入れてきたそうだ。

慇懃に対応しつつも、宰相様をはじめとする王家サイドの皆様は、『かかった！』とばかりに内心ほくそ笑んだ。

そこで名乗りをあげたのが王妃様の生家・フェルヴィティール公爵家というわけである。当主は王妃様のお兄様だ。

かくして私はフェルヴィティール公爵家の養女となった。
ゲームでは「ユフィリア・ラピス・ハルディオン」だった名前が、今世では「ユフィリア・ラピス・フェルヴィティール」となったわけだ。

ちなみにこの国では精霊の加護を授けられた者のみ、セカンドネームを名乗ることができる。

私の場合は「ラピス」だけど、これは光の精霊「ラピスフィア」に由来しているのだ。代々光属性の資質を持つフェルヴィティール公爵の養女になったのを機に、このセカンドネームを名乗ることを国王陛下より許された。いや、ゲーム上ではユフィリアは闇属性だったんだけど、こんなセカンドネーム、名乗っちゃっていいのかしら……

乙女ゲームのユフィリアも「ラピス」を名乗っていたが、あれは自称で、公に認められたものではない。断罪される時、そのことに触れた描写があったしね。

とはいえ、本当にゲームシナリオが変わっちゃったなぁ……

これまでほとんどシナリオどおりに進んでない気がするの、私だけ？

しかし、ルティウスが私のために奮闘してくれたことを思うと、余計なことを……なんて考えなかった。

それに、エルフィン殿下をはじめとする王家の方々の思いやりも、嬉しかったことは紛れもない事実だったから。

ただ破滅フラグがまた一つ折れたことはたしかだよね？

どうやって軌道修正するかまた考えなくちゃ駄目なやつだ……

そう遠い目をしている間に、エルフィン殿下がいつもの魔力を流すマッサージを始めた。

「力加減はどうだ？　痛くはないか？」

殿下からの問いかけに、彼方（かなた）に飛ばしかけた意識を戻す。

「とても気持ちいいですわ、殿下」

「そ、そうか!?」

私がそう言うと、殿下は頬を少し赤らめて嬉しそうに笑った。心なしか、殿下の背後にぶんぶんとしっぽが揺（ゆ）れているのが見える気がする。

そんな殿下とほのぼのとした時間をすごしていたその時――

部屋の扉がバーンと凄い勢いで開いた。

突然のことに、私は驚いて硬直する。

しかし、エルフィン殿下はなんだか心当たりのあるような様子だった。だって、『とうとうこの部屋を嗅ぎつけたか』って呟（つぶや）いたもの。

「エルフィン！　手合わせしようぜ！」

入ってくるなりそう言い放った少年に、私はルティウスの時と同じ既視感を覚えた。

ライトグリーンの髪に、やや薄めの茶色の瞳を持つその男の子は、エドガーさんとど

ことなく似ている。ここに来るまで体を動かしていたのか、高めに結ってある髪は乱れていて、肌は汗ばんでいた。

もしかして、この少年は――

「はぁ……」

殿下は深いため息をつくと、瞬時に魔法でハンマーのような形状をした氷塊を作りだした。それを握りしめ、目の前にいる少年の頭の上に勢いよく振りおろす。

「いてっ！」

「ちょ、エルフィン殿下⁉」

私はその光景にぎょっとして叫ぶ。

だって、部屋が微かに揺れるくらいの威力があったんだもの。少年、軽く床にめり込んでるし。

「ってーな！　なにすんだ、エルフィン！」

結構な勢いで床に叩きつけられたはずなのに、その少年はすぐさま起きあがり、殿下に抗議し始めた。

殿下はというと、冷めたように半目でその少年を眺めている。

「……相変わらず無駄に頑丈だな、お前は」

「お前もそう思うか？　父上もそう言ってくれるんだ！」

ついさっきまで怒っていたと思ったら、少年は途端にぱっと笑顔になった。

「……お前の父は絶対に褒め言葉として言ってないからな、シグルド。あと私も別に褒めてはいない」

すると殿下は再びため息をついて、呆れた調子で言う。

えーと……私もそれ、褒められてはいないと思う。

「え？　そうなのか？」

しかし、当の本人にはいまいち伝わっていないようで、きょとんと小首をかしげている。

この子、ちょっぴり抜けているのかもしれない。

――って、そうじゃなくて。今、エルフィン殿下が聞き逃しちゃいけない名前を言った……！

シグルドって、たしかにそう呼んだよね⁉

前世で聞き覚えのある名前に叫びそうになり、私はなんとかそれを呑み込んだ。

すると、不意に部屋の温度が下がった気がした。

あれ？　これ、前にもあったような……？

「ここでなにをしているのですか？　シグルド」

「ひっ!?」

開け放たれたままの扉の前に立っていたのは、額に青筋を浮かべ、背後に般若を背負っているんじゃないかと思うくらい、絶対零度の微笑みをたたえたエドガーさんだった。

飛び込んできた少年——シグルドは、さっきまでの勢いはどこへやら、一気に顔を青褪めさせる。

というか、「ひっ!?」って……

一歩ずつエドガーさんが彼に近づくたび、シグルドが縮こまっていくのが分かる。

「シグルド、説明してもらいましょうか？　修練場で訓練していたはずのあなたが、何故ここにいるのですか？　そこに座りなさい」

エドガーさんがぴしっと床を指差すと、シグルドは勢いよく正座した。

「ひゃいっ！　あ、いえ、はい？　……えっと、その、ですね」

エドガーさんは決して怒鳴っているわけではないのに、シグルドはしどろもどろになりながら口を開く。エドガーさんから放たれる圧に耐えきれなくなったのか、シグルドは額を地面にめり込ませんばかりに土下座をする。

エドガーさんはシグルドを見下ろしながら、その言い訳もとい釈明を聞いているのだけど……微笑(ほほえ)んでいるはずなのに、雰囲気がまるで笑っていない。

ていうか、この国にもあるのね、土下座。

たしか、エドガーさんはシグルドの叔父さんだったよね？　だからこんなに厳しいのかな。

エドガーさんの初めて見る一面に驚いていると、エルフィン殿下が隣で補足してくれる。

「エドガーは、実は怒らせると一番恐ろしい奴なんだ。私の側近にも、怒らせたらマジでヤバイと言われている」

殿下の解説に、私は頬をひきつらせながら目の前の二人を眺(なが)めた。

……今まさにその『マジでヤバイ』が目の前で展開されているけどね。

「その……一人で素振りしていてもつまんない――痛っ!?　申し訳ありません、叔父上!!　ええと、一人で素振りをしているよりは、手合わせしながらの方が楽しいじゃんって……いえ、ためになるのではと思って……ああ、違った、お、思いまして！」

シグルドの言葉の途中で、エドガーさんの拳(ゲンコツ)が彼の頭上に落とされた。

一応は伯爵子息であるシグルドの言葉遣いや立ち居振る舞いが相応(ふさわ)しくなかったからだろう。

シグルド、慌(あわ)てて丁寧な話し方に直しているけれど、ざっくばらんな話し方が素なのかな。丁寧な言い方、話しづらそうだし。

私はエルフィン殿下にこっそり小声で話しかけた。

「あの、殿下」

「なんだ？」

「凄く申しあげづらいのですが、あの子――」

「……まさかとは思うが、あいつも『攻略対象』か？」

さすが、殿下。察しがよすぎるわ……。

「ええ。見た目がそっくりなだけなら他人の空似かと思ったのですが、名前まで一緒となると……彼の家名、『アーティケウス』ですよね？」

「そうだが……まさかあいつもとはな。ユフィリア、シグルドが説教されている間にゲーム内の情報を教えてもらっていいか？　あいつに関しては知っておかないと危険な気しかしない」

「彼、そんなに問題があるんですか？」

「一言でいうなら、『脳筋』だな。まあ、何度も言っているからすでに知っているとは思うが。頭に行くべき栄養がほとんど顔と身体能力に行ってしまった。今後のこともあらかじめ対策を立てておかなきゃならないだろう？」

「脳筋……。本当、申し訳ないですけど言い得て妙ですわ」

遠い目をしながら幼馴染み（おさななじ）を語るエルフィン殿下の隣で、私は一人納得してしまう。

そして、私は殿下の要望どおりシグルドの攻略情報を話すことにした。

……あの様子を見る限り、シグルドのことは教えてあげた方がいいと私も思う。

殿下はヒロインに出会えばまず間違いなく恋に落ちるんだから、これくらい話したところで、破滅フラグを立てるのに問題はないはずよね。

三人目の攻略対象者、シグルド・フレイ・アーティケウス。
近衛（このえ）騎士団長の末息子――アーティケウス伯爵の三男。ちなみにエドガーさんは騎士団長さんの年の離れた弟さん。
シグルドのお母様が現国王陛下の姉君で、アーティケウス伯爵家に降嫁（こうか）したため、王太子であるエルフィン様とは従兄弟（いとこ）の関係だ。
魔力を持ち、属性は火。

「ストランディスタ王国最強の騎士」と呼ばれる父親に憧れ、幼い頃から騎士を志す。始祖竜の血は引いているものの、エルフィン殿下のように完全に覚醒しているわけではないため、身体能力が優れているくらいだ。

ただ、シナリオではある時期からスランプに陥り、その殻を破れずに苦悩していた。幼馴染みである王太子エルフィン様の存在も、彼にとってはプレッシャーとなり、『父親である騎士団長のようにはなれない。自分には騎士としての才能などないのではないか』と自信を失いかけていた。

そんな折、シグルドは気晴らしに城下街へ行ってみることにした。

そこで彼は、騎士崩れのごろつきに絡まれている少女を見つけ助ける。

その際、その少女が、『助けてくれてありがとう！　あなた強いのね。あなたは私にとって英雄よ！』とシグルドに言う。

その言葉は、勉強や魔術が苦手で、唯一の取り柄である剣術すら周囲から認めてもらえなかったシグルドの心に真っ直ぐ響いた。

少女と別れ、家路に就いたシグルドはある決意をする。

『父親になりきる必要はない』のだ。『自分は街で出会った少女のように、虐げられながらも必死に生きる人々を護れる騎士になろう』と。

その日からシグルドは、剣術だけではなく、苦手だからと敬遠していた勉強や魔術の訓練にも真剣に取り組むようになった。

それまで陥っていたスランプが嘘のような上達ぶりに、周囲からも徐々に認められるようになっていく。

その努力が実り、シグルドはシンフォニウム魔法学院に首席で合格。後に生徒会長へと選出されるまでに成長するのだ。

翌年、幼馴染みのエルフィン殿下やユフィリア、そして主人公であるヒロインが入学してくる。

言わずもがな、ユフィリアはシグルドルートにおいても悪役だ。

それはさておき。

ある日偶然、シグルドはユフィリアから嫌がらせを受けていたヒロインを助ける。その時シグルドは以前街で助けた少女が幼い頃のヒロインだと気づく。

それから彼女の護衛に立候補し、徐々に異性として意識するようになっていった。

そして、ヒロインに以前会っていたことを打ち明け、想いを実らせる。

二人のことをユフィリアは疎ましく思い、嫌がらせをエスカレートさせていく。それすらシグルドの護りにはねのけられていたので、なおさら気にくわなかったに違いない。

そんな日が続いたある時、今まで沈黙を保っていた魔族が突如として王都を襲撃してきた。まだ学生とはいえ、騎士として正式に任命されていたシグルドも戦地へ赴(おもむ)くことになる。その際、シグルドはヒロインに『君を必ず護(まも)り抜く。オレの誇(ほこ)りに懸(か)けて』と誓う。

無事魔族を撃退し、戦地で活躍したシグルドはさらに功績を積み重ねた。

実は魔族による襲撃の発端は、ハルディオン公爵家が魔族と通じて、ストランディスタ王国を滅ぼそうと画策したものだと後々判明。

ユフィリアも当然、魔族側としてヒロインとシグルドの前に立ちはだかる。

ヒロインが必死に説得するも、ユフィリアはそれを嘲笑(あざわら)い、自(みずか)らを魔族へ変貌(へんぼう)させるのだ。

説得しきれなかったことを悔やみつつも、ヒロインはシグルドと力を合わせ彼女を討伐(とうばつ)する。

最終的に、ヒロインの『浄化の光』によって魔族や魔物たちを一掃(いっそう)し、戦いは完全に終結。ストランディスタ王国に再び平和が訪れた。

数年後。魔族を退(しりぞ)け、国に平和を取り戻した功績により、シグルドは近衛(このえ)騎士団長職を拝命する。

史上最年少での任命に、貴族たちからは不安の声があがるも、徐々に受け入れられていく。それには身分を問わず人々を癒すことで、「聖女」と呼ばれて国民から親しまれているヒロインの支えもあった。そして騎士団長と「聖女」は、人々から理想の夫婦として羨まれることになる。

近衛騎士団長として立派に職務を全うするシグルドの側で、幸せそうに微笑むヒロイン。

二人は生涯を通して仲睦まじく、また子宝にも恵まれたという。子供たちに囲まれ、肩を寄せ笑い合うスチルがでてくるのが、シグルドルートのハッピーエンドだ。

シグルドルートのバッドエンドは、魔族による襲撃を止められず、国が滅ぼされてしまうというもの。

ストランディスタ王国に住んでいた人間は、ユフィリアの魔力によって魔族にされるかもしくは皆殺しにされ、誰一人として生き残りはいなかった。

まさに凄惨な結末だったと記憶している。

それぞれの攻略対象たちのバッドエンドは、ハルディオン公爵家の企(たくら)みが成功してしまい、悲惨な結果を辿るということが共通している。

ユフィリアによってヒロインは必ず命を落とし、攻略対象のみんなはユフィリアの手によって傀儡(かいらい)にされるか、死ぬかの二択しかないのよね。

一番悲劇的なのはエルフィン殿下のバッドエンドだから、なにがなんでも阻止しなくちゃ。

「――以上がシグルドの攻略情報です」

シグルドルートを語り終えると、私は殿下に目を向けた。

「なるほどな……だがやはり、『食い違い』があるのは間違いなさそうだな」

「なにか心当たりがあるのですか？」

前世のゲームシナリオから、今世(いま)との違いを確信できるものがあるだろうか。

もし、大きく設定と違うものが発覚したら、かなり軌道修正が大変だよ……？

ヒロインと殿下が幸せになるためには、私が他の攻略対象たちとヒロインのイベントも潰さなくちゃいけないんだし。

「ああ。脳筋なあいつに『あれこれ悩む』といった考えは存在しないからだ」

力一杯断言したエルフィン殿下に、私はガクッと肩をさげた。

そういう「食い違い」ね。まあ、あまり大きなものでなくてよかったけど……

「……そうですか」

なにかを言おうと口を開いたものの、結局相づちをうつだけに終わった。殿下の言葉に何故か納得してしまった自分がいたからだ。

というか、それよりも差し迫った問題が……

「あの、殿下。そろそろエドガーさんの説教を止めた方がよくないですか？」

「ん？」

殿下は私を見ながら不思議そうに小首をかしげる。

「いえ、なんだかシグルドの顔色が目に見えてヤバそうな感じになっているので……」

「ヤバそうな感じ？」

私のその言葉に、訝しそうな表情を浮かべながらも、殿下は二人を見てぎょっと目を瞠った。

……まぁ、気持ちは分かる。

殿下、ずっと私の方を向いて話していたから、シグルドの状態が見えてなかったものね。

そのシグルドがどういう状態かというと、お説教の内容が頭に収まりきらなくなったのか、頭から湯気のような煙を放出しながら気を失いかけていた。

なんだか、口から魂が抜けそうになっているようにも見える。白目を剥いてるし。

エドガーさんは、未だ言い足りないのか、「説教すること」に意識が向きすぎているのか、シグルドの様子に気がついていない。

「エドガー、その辺にしておいてやれ。脳筋なこいつに長時間の説教が効果があるとは思えん」

シグルドの様子に、殿下は呆れたようにため息をつきながらエドガーさんを止めた。

「はい？　……っ!!　殿下の御前でなんという失態を……！　誠に申し訳ございません！」

エルフィン殿下の一言で我に返ったらしいエドガーさんが、殿下に平身低頭で謝罪する。

「謝る必要はない。私とて、常日頃のこいつの脳筋ぶりには言いたいことが山ほどある。だがシグルドは変に畏まった態度を取らないから、一緒にいて気を張らなくてすみ、楽なのも事実だ」

「っ！　エルフィン……」

さっきまで死にかけていたシグルドが、目を潤ませて殿下を見つめている。

こうまで脳筋だと連呼するほどなのだから、日頃の二人の苦労が偲ばれるというものだ。

でも、気苦労はあっても嫌いではないみたい。殿下からしてみれば、幼馴染みだからお互いに気心が知れているんだろう。前世での私には幼馴染みなんてもちろんいなかったから、二人の関係がちょっと羨ましい。

というか……シグルド、もう復活したのね。

さすがに、「ついさっきやらかした失敗を忘れたから」ではないと信じたい……

「——突然やってきて挨拶もせず、申し訳なかった！」

お説教が終わり、シグルドは早々に息を吹き返した。なんというか、エルフィン殿下たちが脳筋だと言い続けているのがかなり納得できる。

気にするだけ無駄だと思い、私も先ほどまでのことは一旦、頭の片隅においやることにした。

「いえ、私は全然気にしていませんので……」

「そうか！　よかった」

　シグルドはそう言って、ニカッと人なつこい笑みを見せる。

「シグルド。お前、少しは反省しろよ？　いくらなんでも女性の部屋に断りもなく飛び込んでくるなんて配慮に欠けているぞ」

「う……分かってるよ！　次からは気をつける」

　頬を赤らめながらエルフィン様に言い返すシグルドを見て、私はなんだかまた起きそうな気がするなぁ……とぼんやりと考えた。

　だって、シグルドだし。

　まだ出会って一時間も経っていないのに、すでに悟ってしまっている自分になんとも言えない気持ちになる。

　ちなみにエドガーさんは仕事の途中だったらしく、「殿下方の前で失礼をしないように」と、シグルドに釘を刺して去っていった。

　何故エドガーさんが絶妙なタイミングで現れたかというと、例のごとく、私につけられていた護衛から緊急連絡が入ったからだとか。

　……本当にどうやって連絡を取り合っているのだろう。

「そうだ！　自己紹介がまだだったよな！　オレ、シグルド・フレイ・アーティケウスっていうんだ。これからよろしくな！」

シグルドはそう言って勢いよく片手を私の前に差しだした。

「私はユフィリア・ラピス・フェルヴィティールといいます。こちらこそよろしくお願いします」

名乗られる前から知っていました、とはさすがに言えないので、私はそつない笑みを浮かべて握手を交わす。

「あ、オレのことは呼び捨てで呼んでくれていいからな。堅苦しいのは苦手なんだ」

まぁ……それはさっきまでのやり取りを見ていれば分かる。

「分かりました。では、シグルドと呼ばせてもらいますね」

「おう！」

威勢よく返事をしたシグルドは、またニカッと眩しい笑みを浮かべた。

ふと視線を感じそちらを見ると、エルフィン殿下が私とシグルドの会話を面白くなさそうに見ている。

「……？　殿下、どうされました？」

「……も……い……」

殿下は返事をしたものの、もごもごとしていてよく聞き取れない。

「なんだよ、エルフィン。はっきり言えよ。女の子の前でそんな態度は失礼だろ？」

「……？」

シグルドが殿下に声をかけた瞬間、殿下がキッ！　と彼を睨んだ。目が「お前にだけは言われたくない」と物語っている。

ただ、殿下の心境を察することができるほど繊細な感性を持っていたら、シグルドも脳筋などと言われないわけで……やっぱり空気は読めないようだ。

エドガーさんの説教、早くも効果なくなってない？

「シグルド。お前、少しの間廊下へ出ていろ」

「は？　やだよ。言いたいことがあるなら早く言えよ。そんで、オレと手合わせしようぜ！」

不機嫌な顔をする殿下などお構いなしに、シグルドは早く体を動かしたいのか軽く飛び跳ねる。そんな能天気な彼を前に、殿下は深いため息をついた。

「……お前に空気を読むことを期待した私が馬鹿だった」

「はあ？　なんだよ唐突に」

私の方は、殿下がなにを言いたいのかなんとなく分かった。

だって、殿下の機嫌が悪くなったのは、私とシグルドがお互い名前で呼ぶことを認め合った直後だったから。要するに、シグルドは名前で呼ぶのに、殿下を名前で呼ばないことが面白くないのだろう。

あんまり親しくなりすぎると断罪される時が辛くなるし、仮にも王族だから、あえて遠慮のある呼び方をしていたのだけど……殿下のこと名前で呼んでいいのかな。

「シグルドを名前で呼ぶのですから……『殿下』のことも、エルフィン様とお呼びしてもいいですか？」

「――っ！　あ、ああ！」

私がそう聞くと、殿下改めエルフィン様は、ぱあっと分かりやすく笑顔になった。

おおう。イケメン。まだ子供とはいえ、美形の笑顔は破壊力があるわね……！　眩しいわ！

それからほどなくして、また部屋の扉がノックされた。

皆一斉に扉に目を向けると、可愛らしい少年の声が響く。

「殿下、姉上。ルティウスです。入室してもよろしいでしょうか？」

「ああ、ルティウスか。入れ」

殿下が許可すると、ゆっくりと扉が開きルティウスが姿を現した。

「お久しぶりです。姉上の養子縁組のことが一段落しましたのでそのご報告をと思ったのですが……その方はどなたですか？」

ルティウスは殿下と私に一礼したあと、シグルドの存在に気づき訝しげな視線を向ける。

「ああ、お前はまだ会ったことがなかったか。こいつはシグルド・フレイ・アーティケウス。近衛騎士団長の息子で私の幼馴染みでもある。シグルド。こいつはルティウス・フォルト・ハルディオン。ユフィリアの弟だ」

殿下がお互いを紹介し終えると、シグルドは驚いたように口を開いた。

「えっ!?　ハルディオンってあのヤバイ噂の絶えない家だろ!?　信用できるのか、こいつっ!?」

どうやらシグルドはハルディオン公爵家の比較的まともなメイドに手紙を渡したらしく、実際ルティウスに会うのはこれが初めてのようだ。

するとすかさずエルフィン様が再び氷のハンマーを作りだし、強烈な一撃をシグルドに入れ、床に沈めた。

やはり彼にエドガーさんの説教の効果はなかったようだ、と私は内心ため息をついた。

ふとルティウスを見ると、今まで見たこともないくらい冷たい目をしてシグルドを見据えている。

ルティウス……お願いだから「この馬鹿はなんですか」的な顔はやめて!?

家の爵位的にはルティウスの方が上だけど、年齢的にはシグルドが上だから……！

そんなやり取りを見て私は思った。教訓って必ずしも活かされるものではないんだな、と。


その後、私、エルフィン様、ルティウス、シグルドの四人でお茶会に突入した。

美味しいお茶とお菓子にほっと一息ついていると、シグルドが思い出したように尋ねてくる。

「なあ、ユフィリア。聞きたいことがあるんだ」

「なんでしょうか」

「ユフィリアさ、二年くらい前に城下街に行ったことないか？」

「はい？」

唐突に聞かれたのにもだけれど、質問の内容にもっと驚いた。

「シグルド。何故そんなことを聞く？」

「なんでって……オレさ、初めて街に行った時に、女の子を助けたことがあるんだけどさ」

「っ！　それ……」

シグルドの言葉に、エルフィン様は顔を強張らせた。

女の子って乙女ゲームの「ヒロイン」のことだよね？　やっぱりもうイベントは終わっていたんだ。思ったよりも早かったみたいだけど。

そんなことを思っていたら、予想だにしない一言が彼の口から放たれた。

「その女の子がさ、ユフィリアだったんだよ！」

「「「は？」」」

私、エルフィン様、ルティウスの三人の声がハモった。

いいえ、気にするのはそこじゃなかったわ。

私を助けた？　シグルドが？　「ヒロイン」じゃなくて!?

というか、ちょっと待って。だってそれ、「ゲームヒロインとシグルドの出会いイベント」のはずよね？　なんでそれが私!?

「……人違いではないのですか？　二年前というと、姉上はまだハルディオン公爵家にいた頃の話になりますよ。あの頃の姉上は、屋敷の外以前に家の中でさえ見たことがなかったんですよ？」

ルティウスは、眉をひそめながらシグルドに問いかけた。

「いいや、間違いない。父上と一緒に確認したんだ。あの時の女の子は、間違いなくユフィリアだった」

「父上というと……近衛騎士団長か」

「ああ」

シグルドがエルフィン様の言葉に頷くと、突然ルティウスがガタッと大きな音を立てながら席を立った。

「……っ、近衛騎士団長までいたというなら、何故その時に姉上を保護してくれなかったんです⁉」

「それは——」

ルティウスの疑問はもっともだ。

シグルドは珍しく言い渋ったあと、ゆっくりと口を開いた。

「……父上に、あの時『私たちは今日この子に会わなかったことにした方がいい』と言われたんだ」

「な……っ⁉　ふざけ——‼」

ルティウスは怒りに顔を真っ赤に染めて、シグルドに掴みかかろうとする。

「ルティウス、抑えろ」

しかし、そんなルティウスをエルフィン様は冷静な声で制止した。

「……っ！　ですが、殿下!!」

なおも詰め寄ろうとするルティウスを制して、エルフィン様はシグルドに尋ねた。

「シグルド。どういうことか説明してくれるか」

「オレだって……オレだって、助けたかったよ！　でもっ――」

その時の悔しさが溢れだしたのか、シグルドが叫んだ。自分で自分を傷つけかねないくらい歯を食いしばり、強く拳を握りしめる。

その様子を見て、エルフィン様は小さく息を吐いた。

「シグルド……お前はいつも言葉が足らなすぎる。理由があるんだろう？　それを話せ」

「エルフィン……。ああ、あの日はな――」

シグルドは苦しげに顔を歪ませたあと、とつとつと語り始めた。

シグルドの生家アーティケウス伯爵家は代々、優秀な騎士を輩出している名家だ。
歴代の近衛騎士団長のほとんどがアーティケウス家の出身というのだから、その知名度と影響力は推して知るべし。

近衛騎士団長として立派な功績を収める父に倣い、文武両道な兄二人のうち次兄は近衛騎士として高い評判を得ている。ちなみに長兄は次期領主として、常に高い評価を得ている。

そんな優秀な父や兄たちと比べて、シグルドは浮いた存在だった。

勉学はからっきしで、体を動かす方が好き。伯爵家の子息らしからぬ生活態度でそれなりに噂になっていた。

よくいえば「行動的」、悪くいえば「本能に従って生きる野生動物みたい」だ、と。

『始祖竜の血の恩恵で、身体能力に優れてはいるものの、その反面、思考能力が欠如している』と、社交の場で言われたこともあるらしい。

やがて、考えるのが苦手な彼でも、自分は貴族社会に馴染めないし、ましてや文官など絶対に無理だと悟るようになる。

とはいえ、そんな彼にも夢があった。それは父や兄のような立派な騎士になることだ。

難しいことを考えるのは苦手だけど、幸い身体能力は人より秀でている。

三歳になったばかりのシグルドは、いつか大事な人を護れるくらい強くなりたいという思いを密かに胸に抱くのだった。

そんな折、シグルドはエルフィン殿下との出会いを果たす。初めはなかなか上手くいかなかった二人の関係も、時間が経つほどに深まっていき、いつの間にかシグルドにとって彼は自慢の幼馴染みとなっていった。

すると、彼は貴族の子供達から徐々に嫌がらせをされるようになる。

エルフィン殿下の取り巻きになりたい貴族の子息や令嬢たちにとって、いつも側にいるシグルドの存在は気に食わなかったのだろう。

中には『お前のような奴は、殿下のお側に侍るのに相応しくない』なんて陰口を叩く者もいた。


そんなある日のこと。近衛騎士である次兄が剣術の稽古に付き合ってくれた。

『なぁ、シグルドは騎士になりたいのか？』

振るっていた剣を鞘に収めた次兄が、急にそんなことを尋ねてきた。

『んー？　突然なんだよ、兄上』

まだまだ剣を振り足りないシグルドは、少し不満げな表情を浮かべながら兄を見つめる。

『いや……お前も成人すれば私と同じようにこの家を出なければならないだろう？　その時どうするんだろうかと、ふと思ってな』

どうやら次兄は、貴族社会から浮いているシグルドの将来を案じているようだった。

シグルドは紛うことなく、いっそ清々しいほどに脳筋だから、なおのこと心配だったのだろう。

『兄上。オレさ、父上みたいな国一番のって言われるような凄い騎士になりたいんだ。だから、剣術を頑張る！』

当時三歳のシグルドは、にこりと幼い笑みを兄に向けた。

そんな愛らしい弟の姿に、次兄は目を細めて囁く。

『……そうか、立派だぞ。ただな、シグルド。騎士は、剣の腕だけではなく教養も必要だ。近衛騎士になるとしたら勉強はなおできないとな』

『だからさ、今度街に行ってみようと思ってるんだ！』

……さっきの話からどうして街に行くなどという発想に繋がるのか。

次兄は困惑した面持ちでシグルドに問いかけた。

『シグルド、どういうことだ？』

『だって、家を出たら平民の生活とそう変わらないって前に兄上も言っていただろ？』

突拍子もない発想にポカンとしたあと、次兄は気を取り直すように口を開いた。

『ま、まぁ、貴族出身の新人は、平民の生活を知るという目的で街に部屋を借りるように言われるが。というかな、シグルド。貴族の子息が一人で街に出るのは──』

『だよな！　だから、今のうちから城下の空気に慣れておいた方がいいと思ってさ』

シグルドは次兄の言葉を最後まで聞かず、一人張り切る。

『……お前、私の話をまったく聞いてないな。だから王太子殿下にさえ、脳筋って言われるんじゃ……』

次兄は盛大にため息をついて、力なく首を横に振った。

そんな次兄を尻目に、シグルドは『なぁなぁ兄上！　脳筋ってなんだ？』と足にしがみつきながら尋ねる。

そんなやり取りから一ヶ月ほど経った頃、シグルドはかねてからの計画である「こっそりお忍び城下街見学」を実行に移すことにした。

胸を躍らせて街へ辿り着いたシグルドが目にしたのは、想像していたよりもずっと活気に満ちた風景だった。

『わあ。すげぇ』

新鮮な果物や野菜を売っている青果店、装飾品や小物を売っている宝飾店、その他様々な品物を売る店が軒を連ねている。街を行き交う人たちも皆一様に笑顔が絶えない。

そんな様子に、シグルドの口から思わず感嘆の息が漏れる。

散策を楽しんでいると、気づけばあっという間に数時間が経過していた。

さすがにあまり長い時間屋敷を離れていては、誰かに気づかれ騒ぎになってしまう。

そう考えたシグルドが、他の場所は次の機会に見て回ることにし帰路に就こうと思ったその時、近くの路地裏からなにか争う声が聞こえてきた。

何事だろうかと様子を窺うと——

そこにいたのは、侍女らしき女性と、その侍女に乱暴をしている男二人、足でなにかを踏みつけている男がいた。

よくよく見ると、男に足蹴にされているのはシグルドとそう年の変わらない小さな女の子だった。

『このアマ！　お前がチクリやがったから、旦那様から仕事をクビにされちまっただろうが！』

『それは、あなたたちが任された仕事を放ってお嬢様に暴行していたからでしょう⁉　自業自得だわ！』

『口答えするなっ！　お前がこんな気味の悪いガキを庇いやがるから、せっかく手に入れた割のいい仕事がパァだ‼』

侍女を羽交い締めにしながら一人の男が喚いた。

『だいたいこんなみすぼらしいガキ、どうせ生きてる価値なんざないんだ。だったら俺たちのストレス解消に役立ってくれたっていいだろうが』

男たちは口々に侍女を詰り、足元に横たわる少女に蹴りを入れた。

すると侍女は、顔を真っ青にして叫ぶ。

『や、やめて！　これ以上お嬢様に乱暴しないで‼』

『うるせぇ、黙ってろ！　この役立た――ぷげらっ⁉』

侍女を羽交い締めにしていた男が言い終わる前に、シグルドは男に向かって駆けだし、その顔に回し蹴りをお見舞いした。

解放された侍女は脇目も振らず走りだし、女の子を蹴飛ばし続けていた男を突き飛ばす。

『お嬢様から離れなさいっ！』

『うお⁉』

男は突然のことにバランスを取り損ね地面に倒れる。一方、侍女は女の子を大事そうに抱え込み男を睨みつけた。

『てめぇ、なにしやがんだ。この――ぷげっ⁉』

地面に倒れ込んだ男が体勢を立て直す前に、シグルドが頭の上からダイブして思いきり踏みつけた。

グシャッと嫌な音と共に、男の顔が地面にめり込む。

最後の一人の相手をするためにシグルドが振り向くと、残った男がごとん、と地面に倒れ伏すところだった。

シグルドがぽかんと口を開けて倒れた男を眺めているうちに、頭上から聞きなれた声が降ってくる。

『ずいぶん派手な大立ち回りだったな、シグルド』

『へっ？　ち、ちち父上!?』

そう。最後の一人を瞬殺したのは、シグルドの父親でありストランディスタ王国近衛騎士団長その人だった。

突然の父の登場に、シグルドは声を上ずらせ慌てふためく。

まあ、普通お忍び先で騎士団長……というより、父親に出くわすとは思わない。

『ど、どうしてここに父上が？』

『なに。新人たちへの抜き打ち検査のためにこのあたりまで来てみたら、近くにある宝飾店の店主に呼び止められてな。「人攫いたちに立ち向かっていった男の子を助けてやってくれ」と言われたんだ』

騎士団長は、目を丸くするシグルドの頭を豪快に撫でまわした。

『あ、あの！　先ほどはお嬢様と私を助けていただいてありがとうございました』

するといつの間にか隣に立っていた侍女が、そう言って勢いよく頭をさげる。

突然の父の登場に、シグルドはすっかり二人のことが意識から抜けてしまっていた。

『そうだ！　その子、怪我大丈夫⁉』

慌てて女の子に駆け寄ると、ところどころ痣や切り傷が目立つものの呼吸はしっかりとしている。それを確認したシグルドは、ホッと息を吐いた。

そして、ごそごそとポケットからハンカチを取りだすと、薄汚れてしまっている女の子の顔を丁寧に拭く。

そんな息子の様子を眺めながら、騎士団長は少女の容姿を認めてわずかに目を瞠った。

そして険しい表情で侍女に尋ねる。

『あなたの主の名を教えてもらっても？』

『……ご想像のとおり、とだけ申しあげておきます』

『――そうか』

侍女は主の名を告げなかったが、騎士団長はその名前に見当がついているようだった。

『シグルド』

『はい、なんですか？　父上』

父に呼びかけられ、シグルドは視線を少女から外し振り向いた。騎士団長が重苦しい空気を纏っているのを感じ取り、シグルドは居住まいをただす。

『お前はこのまま帰りなさい。この少女は、儂が親元へ返してくる』

『え……？』

シグルドは、この時会ったこともない少女の親に不信感を持っていた。

そもそも供の男性もつけず、娘と侍女を二人きりで出歩かせる親など信用できるわけがない。騎士団長が親元に返すと言った時、侍女が怯えたように肩を震わせ女の子を護るように抱きしめたのも、その考えを助長した。

『で……でも、父上！　オレは――』

この子の親元へ返すことに賛成できません。

そう続けようとした言葉は、騎士団長が次に発した衝撃の台詞によってかき消される。

『お前の言いたいことは分かる。儂の見立てが間違っていないのなら、この子はあの悪名高い公爵家の子だ。そして、後々のことを考えれば、お前は今日、この子に会わなかったことにした方がいい』

シグルドは父の言葉に、思わず耳を疑った。

こんな酷い状態の少女を目の前にして、何故そんなことが言えるのか、と。

『なんで？　なんで父上はそんなこと言えるんだ？　この子、あちこち酷い怪我をしてるんだぞ!?　それに、今父上が拘束したこの連中、この子の親に雇われてたって言ってたんだ！　くだらない理由でこの子に暴力を振るっていたのも見た！　この侍女さんだって、こうまで怯えてるってことは、その親ってのは絶対ろくでもないヤツに決まってる!!　父上はこの人たちを見捨てるっていうのかよ!?　騎士がそんな卑怯な奴らの集まりだったなんて――』

『シグルド！』

『が……ッ!!』

騎士団長の怒声と共に、拳がシグルドの頭に振りおろされた。その一撃で、シグルドは地面に叩きつけられる。

地に伏しながら、シグルドは両手を握りしめた。

――悔しい。

その思いで心は一杯だった。自分には彼女を助ける力すらないのか。

そんなシグルドの様子を見て、騎士団長も言葉が足りていなかったことに気がついたようだ。

固かった空気を柔らかくして、さとすようにシグルドに声をかけた。

『……よく聞きなさい、シグルド。先ほども言っただろう。儂の見立てが間違っていなければ、この少女の親は、あのハルディオン公爵だろう。そうなれば、我が伯爵家程度では太刀打ちできん。情けないことにな』

『っ！　父、上……』

声音に反して血が滴るほどに強く握りしめられた騎士団長の手を見て、シグルドは自分が父の姿を見誤っていたことに気づいた。近衛騎士団長をしている父が権力者に媚びへつらい、本当に護るべき相手を見誤るはずがなかったのだ。

騎士団長は「伯爵家当主」と「弱き者を護る騎士」の二つを天秤にかけた。

そして酷い怪我を負っている女の子よりも、伯爵家当主として「家」を護ることを優先しなければならない自分を情けなく思っているのだ。

幼い少女を見捨てる行動しかとれない現在の自分を恥じているのだろう。

貴族というものは、国や王家への忠誠を除けばなによりもまず家を護らねばならない。なにせ家が潰れて路頭に迷えば、その損害は本人たちだけではすまない。その家で働く使用人やその家族、ひいては自分の管理する領の民にまで累を及ぼすこととなる。

軽はずみな行動などとれるわけがない。

特に騎士団長を輩出する名家ともなればなおのことだ。

『……父上。お心を汲めず、申し訳ありませんでした』

シグルドは自分の軽率な言動を恥じ、深々と頭を垂れた。

そんな彼に騎士団長は優しい笑みを向け、その肩をぽんっと軽く叩いた。

『いや、儂こそ手荒な真似をしてすまなかったな。お前の言うことの方が正しいのだが、相手は腐ってもあの「ハルディオン公爵家」だ。一筋縄ではいかん。もし下手に言いがかりをつけられ家を潰されてしまえば、この娘を救うどころではなくなる。――だからこそ、今は堪えねばならん』

『――っ、はい』

今は少女を助けるために動けない。

無力な自分に対する憤りともどかしさを呑み込み、シグルドはぎりっと歯を食いしばる。

二人のやり取りを聞いていても、少女はぼんやりとそこに佇んでいるだけだった。

その様子が普通でないことくらい、いくら「脳筋」と言われるシグルドでも分かり、不安が募る。

そして、彼はある決意を固めた。

息子が少女の前に片膝をついたのを見て、騎士団長は器用に片眉をあげた。

『オレの誓いを聞いてもらえるかな？』

シグルドは少女の小さな手をそっと握りしめる。

『私――シグルド・フレイ・アーティケウスは、あなたを主として絶対の忠誠を誓う。我が剣はあなたの敵を斬るために。我が身はあなたの盾となるために』

今はこんなことしかできないけれど。でもいずれ立派な騎士になって、名前も分からないあなたを護る。

そう心の中で呟いて、シグルドは少女の足元へキスをした。

実はこれ、「主従の誓い」という正式な忠誠の誓約の仕方らしい。

やり方を教わっていないはずなのに、本能で悟ったのだろうか？　と騎士団長は目を丸くする。

その後、少女を連れていこうとした騎士団長を遮り、侍女が『私が連れて帰ります』と言った。彼女は別れ際、シグルドへ向けてこうつけくわえた。

『私があなたに会うことはもうないでしょう。ですから、勝手ながら申しあげます。この子を――お嬢様を頼むわね？　小さな騎士さん』

その女の子って、絶対私のことだよね!?　ハルディオン公爵家の娘なんて、私しかいないもの！

ヒロインとの出会いイベント、私との間に発生しちゃってるってどういうこと!?

それに、最後シグルドが少女の足元にキスするところって、たしかシナリオ中盤でシグルドの好感度が高くなければ起きないはずの「誓いイベント」のはずだよ!?

混乱する頭をなんとか収め、私はシグルドに向き直った。

「シグルド……その誓いを立てた女の子って、もしかしなくても私のことですよね？」

私の問いに対し、不思議そうに小首をかしげながらシグルドが答える。

「当たり前だろ？　最初から言っているじゃないか、城下街でユフィリアと会ったことがあるって。ユフィリアの銀髪とオレンジの瞳は特徴的だったし、なによりお前、ハルディオン家の令嬢なんだろ？」

「ぐっ」

そ、そうだけど。

あまりに私の知っているゲームシナリオと違いすぎてついていけないよっ……！

「シグルド、一つ聞いてもいいですか？」

すると、隣でずっと黙って話を聞いていたルティウスが口を開いた。

「ん？　なんだ、ルティウス」

「何故『主従の誓い』だったんです？　『騎士となって姉上を護る』というのなら、姉上を主とする必要はなかったでしょう？　そもそもあなたはエルフィン殿下の側近候補だ」

ルティウスがそう言ったのを聞いて、私も「そういえばそうだ」と納得した。

これがヒロインなら、「ゲームのシナリオどおり」だけど、私は「悪役令嬢」ポジション。助けたという経緯があったとしてもシグルドが私を主とする意味が分からない。むしろ、私の方がシグルドを「命の恩人として慕う」のならば分かる。

するとシグルドはあっさりと言い放った。

「ああ、『将来は騎士になる』って宣言したばかりの頃、母上に言われたことがあるんだ。『騎士を目指すというのなら、あなたが護りたいと願う人が現れた時にこう誓ってあげなさい。生涯をかけて護る、ってね』って。まさに今だよな！　って、あの時ひらめいたんだ。『オレが主として護りたい』のはこの人だ！　ってさ」

シグルドのその台詞（せりふ）を聞いた私たちの心は間違いなく一致していたと思う。こんな感じに。

「「「(それ意味が違う……!!)」」」

シグルド……あなたのお母様が言いたかったのはそういう意味じゃないと思うよ？

シグルドのお母様が言ったのは、生涯の伴侶としての誓い……プロポーズの決め台詞（ぜりふ）としての意味だと思うよ!?

おそらくは、シグルドが『騎士になる』と言ったから、お母様はその立場に則（のっと）って『結婚したい女性に言ってあげなさい』って言いたかったんじゃないかな!?

ちなみにこの誓いの件だけど、シグルドはまだ見習いのため、公的に認められるのは彼が成人し正式な騎士となったあとだそうだ。

また、私に同年代の護衛騎士が必要だろうという話が以前より王宮内にあがっていたようだ。

そのため、その場で特に反対もされることなく、私をシグルドの主（あるじ）にするとエルフィン様から告げられた。

ということは、つまり本来のシナリオでは「ヒロイン」がでてくるシーンが、まるっと悪役令嬢である私に取って代わられてしまったということで。

「は、破滅フラグが……」

「ユフィリア。お前の気持ちは分からないでもないが……とりあえず、現実を受け入れろ。まあ、私としてはユフィリアの『破滅フラグ』が一つ潰れて嬉しい限りだが」

シナリオどおりに進まないことに絶望していると、殿下がそっと私の肩に手を添えた。

それよりも、ちょ、ちょっと待って。

殿下が今最後に言った言葉——

「殿下、今『破滅フラグ』って言いました……？」

「ん？　ああ。お前、よく一人で考えごとをしている時にぶつぶつと言っていたからな。自分が破滅して私をヒロインとのハッピーエンドに導きたいだの、攻略対象たちもバッドエンドにならないようにシナリオを上手いこと軌道修正しないとだの。話していることに気づいてなかったのか？」

殿下はそう言って可笑しそうに笑った。

私はその美しい顔を呆然と眺める。

まったく気づいてなかった……。また、いつもの自分の世界に入り込みすぎる悪い癖がでてしまったのかな。たしかに攻略情報のことを思い出している時とか、殿下はよく隣にいたもんね。

ぐるぐると頭の中で自問自答をしていると、殿下が私の頭を軽く撫でた。

「ゲームとやらのシナリオでは、私とお前が結ばれるとまずいらしいが、ゲームのお前と今世のお前は違うだろう？　悪いが、私はお前の破滅とやらに協力できないからな」

優しい手つきで私の髪をすく殿下を前に、私は放心してなにも言うことができなかった。

だって、少なくともシグルドに関しては、「破滅フラグ」を立てることが不可能になったのも同然なのだ。仮にシグルドに協力を求めたとしても、「脳筋」な彼には主と敵対するという選択肢が存在しない。

ごめんなさい、まだ見ぬヒロインさん！　私があなたの出会いイベントを起こしてしまったから、あなたがシグルドを攻略するのはほぼ不可能になった模様です……！

まあ、私がヒロインに結ばれてほしいのはエルフィン様だけだから、どちらにせよ攻略させないけどね？

「殿下……笑顔で仰っても慰めにはならないのでは？」

そんな私たちに、ルティウスが遠慮がちに話しかけた。

さすがルティウス！　あなただけは私の味方なのね。

「そうか？　その割にはお前も満面の笑みに見えるが？」

エルフィン様の言葉を聞いてぱっとルティウスを振り返ると、心なしか口角があがっているように見える。

「……まあ、僕としては殿下のお気持ちの方がよく分かりますので。姉上に降りかかる災いは徹底的に排除するに決まってるじゃないですか」

「だろう？」

エルフィン様とルティウスは互いの顔を見合って、黒い笑みを浮かべた。

そんな……ルティウスまで破滅フラグが折れたことを喜んでいるなんて！

さてはエルフィン様、ゲームのストーリーと攻略情報をルティウスに話してるわね。

私はエルフィン様をじとっと見つめたけれど、彼は素知らぬ顔をして目を合わせようとしない。

で、肝心のシグルドはというと。

「なんだかよく分からないが……オレはユフィリアのためになることをした、ということか？」

「そうですよ、シグルド。これからも姉上の盾として頑張ってください」

ルティウスが、キラキラと目を輝かせるシグルドの肩をぽんっと軽く叩く。

いや、ルティウス。「これからもガンガン破滅フラグを叩き折ってくださいね♪」って顔に書いてあるんですけど……いろいろと駄々漏れなんですけど！

「ルティウスの言うとおりだ。これからも（破滅フラグを折る方向で）よろしく頼む」

「ん！　任せておけ！」

胸を張って誇らしげに返事をしたシグルドを見て、私は戦慄した。

くっ。たった今、大変ありがたくない強力なチームが誕生したわ……。

どうしよう、と頭を悩ませる私を尻目に、三人は和やかにお茶会を続ける。

「そういえばさ……」

思い出したようにシグルドが口を開いた。

まだ、なにか爆弾を抱えているの？　この脳筋騎士様……。

私は嫌な予感を抱えながらシグルドに尋ねた。

「どうされました？」

「実はさ、ユフィリアを助けた帰り途中の話なんだけど、別の路地でユフィリアと同い年くらいの女の子が関係した揉めごとがあったらしいんだ！」

シグルドの言葉に、私は一瞬自分の時が止まるのを感じた。

……それ、もしかしなくても「ゲームヒロイン」じゃない!?

「ち、ちなみにその子がどうなったのか、ご存知ですの？」

顔をひきつらせながらシグルドを見つめると、彼はあっけらかんと言い放った。

「ん？　興味ないから知らないぞ！」

う、嘘でしょ!?　本来だったら、あなたはそちらの女の子を助けなくちゃ駄目だったんだよ!?

私は唖然として、口をぽかんと開けた。

シグルドは、これからも本能で私の破滅フラグを折る気がする。たった今フラグを折られたばかりだし。

「で、でも――」

「もうその話はいいじゃないか」

なおも言い募ろうとする私を、エルフィン様が横から止めた。

その声音が何故か冷たいのが気になって、私はゲームヒロインのことをそれ以上追及できなかった。

うーん。ゲームのシグルドは「熱血漢」ではあっても、「脳筋」なんて情報、なかったんだけどなぁ……なんでこうなったのかしら。

もう一ついうならゲームのルティウスも「シスコン」ではなかったけど。

さらにいうなら、ゲームのエルフィン様は私にはほぼ無関心だったはずなのだけど。

なにもかもが私の知っている乙女ゲーム『スピ愛』の設定と違いすぎて、頭が痛くなってくる。まだ十年は先のはずなのに、もうすでに私の「悪役令嬢として断罪される」計画が暗礁に乗りあげている感じがするのは気のせいだろうか。

攻略対象のみんなが幸せになるには、私が破滅しなくちゃ駄目なのに！

いっそ今からでも、ゲームのユフィリアのように、我儘令嬢っぽく振る舞ってみた方がいいかな……？

そしたら、みんなもさすがに愛想を尽かすよね。

よし、今後は乙女ゲームの「ユフィリア」を見習って、沢山我儘を言ってみようっと。

第七章　変わっていく現実と変わらない想い

話が一段落したところで、エルフィン様がルティウスに自身の持つ特殊技能について説明することになった。

なんだかんだ今までエルフィン様はきちんと説明し損ねていたし、これから協力していくのだから隠しごとをしたくはなかったようだ。

くわえてシグルドにも、今世（いま）の私の記憶がないことや足が動かないことなど、諸々の事情を教えておこうと思っていたみたい。

突撃してきたのはある意味ちょうどよかったのかな？　みんなのために断罪される計画を立てている私には、エルフィン様のその言葉はありがたくなかったけど。

「私は始祖竜（エンシェントドラゴン）の血を受け継ぎ、その力を完全に覚醒（かくせい）させている」

車座に座る私たちの顔を一瞥（いちべつ）して、殿下はおもむろに自分のことについて説明を始めた。

何度も言うとおり、エルフィン様はストランディスタ王国建国の際に活躍した始祖竜（エンシェントドラゴン）の血を継承する人物である。

これは『スピ愛』でも有名な設定だ。

「はい。その能力は聞き及んでおります。僕にもその血が流れていますしね」

そう言い、自身も始祖竜（エンシェントドラゴン）の能力を開花させているルティウスは、頷（うなず）いて得心の意を示した。

「そうだ。だが、私にはもう一つ大きな能力がある」

「もう一つ？」

エルフィン様の言葉を聞いて、ルティウスは不思議そうな表情を浮かべる。

「他者の魔力を喰らう能力で、その名を『魔力喰い（マジックイーター）』という」

「っ！　そんな能力が……」

ルティウスは驚いたように目を瞠（みは）った。

そう。今世（いま）では、始祖竜（エンシェントドラゴン）の力にくわえてエルフィン様にしかない唯一無二の能力『魔力喰い（マジックイーター）』が存在する。

読んで字のごとく、他者の魔力を喰らい我が物とする力だ。

魔力を持つ人間に触れると無意識に力が発動してしまうらしく、エルフィン様ですら持て余してしまっている。

「ああ。幼い頃からこの力には悩まされていたんだ。能力の代償なのか、魔力を他者から吸収しないと頻繁（ひんぱん）に酷い飢餓感（きがかん）に苛（さいな）まれる」

「そんな……」

ルティウスは呆然と殿下を見つめた。

そんなルティウスの反応に小さく笑ったあと、殿下は私に目を向ける。

「ただ、最近は不思議なことが起こっているんだ。触れるだけで無尽蔵に相手の魔力を奪ってしまうこの力が、ユフィリアに会ってからは誰に触れても魔力を奪うことがなくなった」

殿下の告白に、今度は私が目を丸くした。

「ど、どういうことですか？」

「何故かは分からない。だが、魔力を吸収しないことによる飢餓感（きがかん）も起きず、最近は能力をコントロールできるようになってきた」

「なるほど……。『魔力喰い（マジックイーター）』ですか。……あ。もしかして、あの時、僕の魔力の暴発を止めてくれたのも？」

ルティウスははっという表情を浮かべて、エルフィン様に尋ねる。

「……ああ。とっさのこととはいえ、すまなかった」

どうやらルティウスを止める時に、彼の魔力を喰らいすぎなかったのも能力が制御できるようになっていたためらしい。

だから、あの時不思議そうに自分の掌を見ていたのね。

ん？　でも、私と会ってからって、なにかあったっけ……？

なんのことを言っているのか尋ねようとしたけれど、ルティウスが再び口を開いたためタイミングを失った。

「いえ、むしろ詫びなければならないのは僕の方です！　殿下には助けていただいたことに感謝こそすれ、距離を置いたり、ましてや忌み嫌うわけがありません」

ルティウスはそう言って微笑んだ。

「……っ！」

彼の言葉を聞いたエルフィン様は目を見開いて、息を呑んだ。

前にエルフィン様が話してくれた、殿下の特殊技能を知った人たちの反応とはまったく違うルティウスの態度に、エルフィン様は虚を衝かれたのだろう。

「本当に……ユフィリアといい、お前といい……」

そう呟いて殿下は俯く。

しかしその声は微かに震えていた。

シグルドはというと、そんな殿下の様子に「能力があることがそんなに凄いのか？」と訝しげにしている。

そもそも何故幼い頃からエルフィン様の側にいるはずのシグルドが、『魔力喰い』の影響を受けないのかというと、彼の魔力量と始祖竜の血に理由があるらしい。

以前エドガーさんが話してくれたところによると、シグルドはもともとかなりの魔力量を有しているようなのだ。くわえて始祖竜の能力のお陰で身体機能が発達しており、エルフィン様に魔力を吸い取られてもすぐに魔力量が回復してしまう体質なんだとか。

そんな彼からしたら、エルフィン様に『魔力喰い』の力があろうがなかろうがどうでもいいことだったようだ。

さすが脳筋。

……なんかこの先シグルドがなにをやらかしても脳筋だからで解決しそうな気がする。

そんなこんなでエルフィン様の説明が終わってからも、不思議と場の空気は重苦しくならずにすんだ。

ちなみに私の事情の方は、シグルドの「へー、そっか！　苦労したんだな！」の一言ですまされた。

同情や憐れみが欲しかったわけではなかったけど、なんだか釈然としない気持ちになった。

そのあと「これからは大丈夫だ！　オレが側で護るからな！」と言われたのには、首をかしげたけど。

それを聞いたエルフィン様が、いつぞやの殺気込みの視線をシグルドに向けていた。しかし、その矛先であるはずのシグルドはけろりとしていて、エルフィン様がぶつけてくる殺気をものともしなかった。むしろ私の方がはらはらしてしまったくらいだ。

どうやら脳筋は精神が鋼でできているらしい。

「殿下。あなたから聞いたその技能のことで気になったことがあるのですが」

殿下の様子をなんだか嬉しそうに眺めていたルティウスが、表情を改めて口を開いた。

「……なんだ？」

「『姉上が殿下に触れた時には魔力を喰らう現象が起きなかった』、のですよね？」

「それは間違いない。ユフィリアにはなんの異常も見受けられなかった」

あ……そっか。だから初めて私からエルフィン様の手に触れた時、エルフィン様は『なんともないのか』って聞いてきたんだ。といっても、その前からエルフィン様、ちょくちょく私に触れてたけど……。

気になって彼に尋ねてみたところ、エルフィン様は血相を変えて私を見た。どうやら無意識に私に触れていたらしいのだ。

そんな私たちのやり取りを前に、ルティウスはこほんと軽く咳払いをして話を続ける。

「あくまで僕の推察なのですが……もしかして『魔力喰い（マジックイーター）』は、定期的に魔力を取り込む必要があるのでは？」

ルティウスの言葉に殿下は瞠目（どうもく）する。

「っ!? な、に……？」

「殿下が話してくださった内容と姉上の存在を照らし合わせて思いついたのです。調べた限りだと、姉上の魔力量は桁外（けたはず）れだそうですね？」

そう言って、ルティウスはエルフィン様に向けていた目線を私に移動させた。

「あ、うん。そうみたい。『この歳でこの魔力量は異常なくらいです』って医師に言われたわ」

実は、宮廷医師に診（み）てもらった時、私の魔力量が膨大であることが発覚したのだ。おそらくは、私のこめかみあたりに埋まっている「宝珠（ほうじゅ）」の影響なのだと思う。

「殿下。姉上が殿下に触れる前に、あなたから初めて触れたのはいつですか？」

「……私から？　――っ、あの時だ！」

エルフィン様はしばらく黙考すると、はっと表情を改め手を打った。

エルフィン様はなにかに気づいたようだけど、私にはさっぱり見当もつかない。

「たしか私がユフィリアを保護してすぐのことだ。高熱でうなされていたお前の熱をさげるために、私の魔力を手に纏わせて額を冷やしたんだ」

「っ！」

そうだ。おぼろげな記憶の中ではあるけど、たしかにエルフィン様は私に触れている。

あの時はこめかみのあたりが疼くように痛んで、全身がとにかく熱かった覚えがある。

こめかみの痛みに比例するように、体の中で「なにか」が暴れ回っていた。それが、エルフィン様が私の額に手をあてた瞬間すっと消えていき、意識を失ったんだった。

その時のことをルティウスに伝えると、彼は「そうか」と小さく呟いた。

「おそらくその痛みや発熱は、姉上の頭に埋め込まれた『宝珠』の暴走によるものでしょう。暴走によって、姉上が元々持つ魔力の許容量を超えたのだと思われます。その溢れた魔力を――」

「私が『魔力喰い』で取り込んだ、ということだな」

ルティウスが導きだした答えを、最後にエルフィン様がまとめる。

「まあ、そういうことでしょうね。そのお陰で、姉上の容態が安定したのだと思います」

そういえば「前世の記憶」を思い出したのは、熱が引いて再び眠りに落ちたあとだった。

前世の記憶を取り戻したのはきっと、魔力暴走による副作用的な効果なのかもしれない。

そしてエルフィン様はというと、私の魔力を膨大に取り込んだお陰で、ここ最近は飢餓感に苛まれなくなったということのようだ。

突如発覚した事実に驚いていると、ルティウスはエルフィン様の前で胸に手をあてる。そのまま片膝を立てて跪き頭を垂れた。

「殿下、改めて感謝を。僕を……姉上を救ってくださり、ありがとうございます。僕――『ルティウス・フォルト・ハルディオンは、エルフィン・カイセル・ストランディスタ王太子殿下に忠誠を尽くすことをここに誓います』」

「っ！」

ルティウスの行動に、エルフィン様はまたもや息を呑んだ。

「本気か？　ルティウス。魔力を伴わない『誓約』とはいえ……その態度が意味するものが分からないわけではないだろう」

「分からなければ、こんなことをしませんよ。それに――」

いつになく真剣な表情で問いかけるエルフィン様に対し、ルティウスは誠意のこもった瞳を向ける。

「それに？」

「殿下のお側にお仕えすることになるなら、姉上の側にもいられるということになるじゃないですか！」

目をキラキラさせながらそう言ってのけたルティウスに、私はベッドに顔から突っ伏し、足が動かなかったので、横向きに倒れた。エルフィン様は片手を置いていたテーブルに思いっきり頭を打ちつける。

エルフィン様の方からごんっという音が響いた。

相当痛かったと思う。顔をあげた彼の額からしゅうう、という効果音つきの煙がでている幻覚が見えたもの。

まさに「ボケをかました相方にリアクションをした芸人」だわ。この世界にはさすがに「お笑い芸人」はいないと思うけど。

ルティウス……途中までは凄くいいことを言ってたのに！　結局はそこに行き着くのね!?

忘れかけていたルティウスはシスコンだったという事実を、改めて思い知った。

シグルド？　彼なら目の前で手をひらひらさせながら、私たちに「大丈夫かー？」と呑気（のんき）に声をかけてきたわ。

ちょっとイラッとしてしまったのは内緒。

ルティウスの分かりやすい――もとい、ブレないシスコン振りに突っ込む気力がなくなった私とエルフィン様は、とりあえずルティウスの発言をスルーすることにした。

ただまあ、エルフィン様が私の魔力を定期的に取り込むことで、『魔力喰い（マジックイーター）』の能力を抑（おさ）えられることが分かっただけでも収穫だと思う。

「相性がよかった」のか、「魔力量が多いからこそ大した影響を受けない」のか、はたまたその両方なのかは分からないけれど、彼の力になれることが素直に嬉しい。

ちなみに余談だが、魔力に味があるのかは謎だけれど、エルフィン様いわく、私の魔力は極上なのだそうだ。

その話を聞いて、私はどんな反応をすればいいのか分からなかった。

後日、エルフィン様が魔術師団に私の魔力を吸収し続けることを提案した。幸いなことに、反対の声はあがらなかったそうだ。

というか魔術士団の人たちは、あえてエルフィン様の側に行って、魔術の訓練と称してこっそり魔力を送るという行為を繰り返していたらしい。

彼らなりにエルフィン様のことを案じての行動だったのだろうが、その事実にエルフィン様は驚愕していた。

味方なんてほとんどいない。誰も彼も自分の能力を畏れ疎んでいると信じきっていたエルフィン様は、彼らがそんなことをしているとは夢にも思わなかったのだろう。

それでもエルフィン様の飢餓感を抑えられなかったのだから、やはり魔力の相性の問題なのかもしれない。

魔術師団長によると、好みの魔力の味を知った（あるいは見つけた）ため、意識的に私の魔力を取り込むことができるようになったんじゃないかと推測していた。

どちらにせよ、『魔力喰い』の制御が効くようになったのはいいことだ。

これで、必要以上にエルフィン様を恐れたり嫌ったりする人が減るに違いない。そう私は胸を撫でおろしたのだった。

第八章　ユフィリアの『悪役令嬢』日記

今世に転生してから今日まで、まったく私の知っている乙女ゲームのシナリオや設定で展開が進んでいない。

このままでは、エルフィン様や攻略対象者たちを幸せにするという私の悲願を達成することがどんどん難しくなってしまう……

焦りを募らせていた私は、先日より考えていたある作戦を決行することにした。題して「ユフィリア、悪役令嬢作戦」。

これからのことを考えて、乙女ゲームの悪役令嬢ユフィリアのように、幼少期から我儘で傲慢だった、というイメージを今から周囲に持たせる必要がある。

手始めに、できる限りいろいろな嫌がらせをしてみたので、その記録を日記に記していこうと思う。

ゲームのユフィリアは、ことあるごとに使用人に当たり散らしていた描写があったことを思い出した私は、まずそれを実行してみることにした。

「ちょっと！　これ、ミルクティーなのに甘くないじゃない？　ここの侍女はお茶の一つも満足に淹（い）れられないの!?」

ユフィリアのように嫌味な口調を意識しながら、私は目の前に出された紅茶にいちゃもんをつける。

一口飲んだあと言いがかりをつけ、侍女を困らせるという作戦だ。

たしか『スピ愛』の中で見た同じような場面では、「ユフィリア」は思いっきり熱々の紅茶の入ったカップを侍女に叩きつけていたはず。

……でも、さすがにカップが割れそうなんで、もったいなくてできなかった。それに、侍女に火傷（やけど）させちゃったら大変だしね。

「も、申し訳ございません!!」

すると、お茶を淹（い）れてくれた侍女は顔を真っ青にして頭をさげる。

う、そんな顔しないで……

心の中で罪悪感に苛まれながらも、私は必死に意地悪な表情を浮かべる。

気を引きしめ、侍女をさらに追い詰めて嫌われようと試みた。

「あなた、こんなお茶しか淹れられないのによく平気な顔して王宮に仕えていられるわね。恥ずかしくないのかしら？」

私は、ジロリと侍女を睨みつけた。

「本当に申し訳ありません……」

彼女は今にも泣きそうな顔で、震える声を抑えながら必死に謝り続ける。

「なんの騒ぎだ？」

そこへ偶然、エルフィン様が現れた。

私は一瞬驚いて固まったものの、はっと我に返り、これはチャンスだと意気込む。

――よし！　彼にも嫌われる絶好の機会よ！

「あ、エルフィン様！　この侍女、教育不足にも程があります！　手抜きをして淹れた紅茶を私にだしたんですよ!!　こんなお茶、いただけませんわ」

これでもかというほど嫌味っぽく振る舞って、不満を訴えてみる。

今のとっても嫌な感じだったわよね!?　さすがの殿下も、こんな感じ悪い態度を取る女の子なんて嫌いなんじゃない？

そう思い、期待した目を殿下に向ける。

もちろん、表情は悪役令嬢仕様のままだ。

「ふむ。どれ、私も確認してみるか」

そう言いながらエルフィン様はカップから一口飲んだ。

――って、それ、私が口をつけたやつぅぅぅ⁉

「……これでは手抜きだと責められても文句は言えないな」

内心絶叫していた私を尻目に、エルフィン様は不快そうに眉をひそめる。

どうやら、ミルクティーは本当に甘くなかったようだ。

侍女が本当に砂糖を入れ忘れていたらしい。というかむしろ塩を入れていたとか。

塩って！　気づけよ、私……！　と自分自身に突っ込んだ。

その侍女はその場でエルフィン様に教育の受け直しを命じられ、部屋を退出していった。

背中から悲壮感が漂って（ただよ）いたので、私は追い討ち（う）をかけるべく口を開く。

「王城で働くからには、それなりのプライドを持ってもらわなくては困りますわ。どんなことだって、沢山練習すれば上達するもの。あなたにはその努力が圧倒的に足りていないのよ。本当、がっかり。まあ、次はまともなお茶を淹れられるように精々頑張るのね」

ちょっと言いすぎたかな、と思ったけれど私は「悪役令嬢」！　と心の中で何度も唱えて嫌味レベルをマックスにする。

びくっと肩を震わせてこちらを振り向いた侍女の顔は——何故か頬を赤らめ目が潤んでいた。

……あれ？　怯えた顔というか、絶望した顔を想像したんだけどな。

ま、まあいっか！

きっと彼女は私が凄く意地悪な人間だと侍女仲間に言いふらすに違いない。

さあ、どんどん私の悪評を広めて！　と侍女の背中にエールを送ったのだった。


後日。

「先日は誠に申し訳ありませんでした。あれから、きちんと学び直してきました！」

そう言って、この間の侍女が再びミルクティーを淹れてくれた。

「ふぅん？　あなたも懲りないわね。今度は砂糖と間違えてなにを入れたのかしら？」

嫌味たっぷりな言葉で侍女をちくちく攻撃しながら、私はゆっくりと紅茶を一口含んだ。

「――っ！」

お、美味しい……！

これは文句のつけようもない。今まで飲んできた中で一番だわ！

あまりの美味しさに一瞬我を忘れかけたが、はっと気づいて、急いで顔を引きしめる。

「ま、まああなんじゃない？　ミルクのまろやかな甘さと茶葉の芳醇な香りが絶妙で、濃厚なコクが感じられるわ。こんな美味しい紅茶をたった数日で淹れられるようになったなんてさすががっ……ごほごほ！　え、ええと。まあ、今回たまたま上手くできたからって調子にのるんじゃないわよ！」

い、いけない。つい普通にベタ褒めしてしまったわ……。

最後はどうにか「悪役令嬢」を取り繕ったけど、私、どんだけ虐めるの下手なのよ！

「傲慢な令嬢」のイメージを植えつけるつもりだったんだけど、今の効いてるかしら……？

恐る恐る侍女の方に目を向けると、彼女は目に涙を浮かべ感極まったように話した。

「さすが王太子殿下の婚約者たる方！　私のような者にまで目をかけてくださるなんて……！」

……え、何故？

どうしてこんなに感激されているのか分からず、私はぽかんと口を開けるしかない。

しかし、その答えは、侍女が意気揚々と退出したあとにやってきたエルフィン様のお陰ですぐに判明した。

「あの侍女、お前の大ファンだと言っていたぞ。お、この紅茶かなり美味いな」

部屋に入った殿下はそう言うと、また私のカップで紅茶を飲んだ。

またぁぁぁっ!? 本当、間接キスやめて! 恥ずかしいから!!

って、今はそれどころじゃない。

「あの侍女が私のファンってどういうことですか? 私あの子にかなり意地悪な態度を取っていたと思うのですが……」

おかしい。嫌われこそすれ、好かれる要素などなにもないはずなのに。

「いやな——」

殿下が可笑しそうに笑いながら、彼女のことについて話してくれた。

どうやら、件の侍女は行儀見習い（まあ、いわゆる花嫁修業というやつだ）を兼ねて城へ奉公に来た新米だったらしい。

王城で働くという緊張感からか、なにをやってもミスばかりで周囲から白い目で見られ、浮いてしまっていたのだという。

失敗して足を引っ張るのが当たり前になっていた彼女は、最近では誰にも相手にされなくなっていた。

このままでは駄目だと、名誉を挽回（ばんかい）するため気合を入れては、空回りしてミスを重ねるという悪循環に陥（おちい）っていたようだ。

もう家に帰ってしまおうか……と落ち込んでいた時に現れたのが、ここ最近城で暮らすようになった公爵令嬢である私だったらしい。

誰にも相手にされず、空気みたいな存在になっていた侍女をもう一度奮起させたユフィリアの言動は、周囲の人たちから「新米侍女への叱咤激励（しったげきれい）」と受け取られた模様。

……なんでこうなったのかしら？

「嫌われ令嬢」となるはずが、いつの間にか「失敗ばかりの侍女相手でも気配りを忘れない心優しいご令嬢」と呼ばれ始めてしまったわ。

侍女について教えてくれた際、エルフィン様が「計画どおり」とでも言いたげにニヤリとした気がするけど、まさか……ね？

先日の失敗を教訓に、今度は使用人以外にも嫌がらせをしてみることにした。

ということで、今回はわざわざ歴史の授業のために王城に足を運んでくれた学者に対して仕かける。

「あなたの言っていることなんて、嘘ばっかりじゃない。一体、これまでなにを学んできたのかしら？」

私は目の前で自分が編さんした教科書の内容を力説する学者に対して、小馬鹿にするような態度を取った。

年端もいかない少女に蔑（さげす）まれたのだ。当たり前のごとく学者は怒った。

「儂（わし）の研究成果を、これまでの努力の結果を、お前のような世間知らずの小娘が侮辱（ぶじょく）するのか!?」

学者は、ぷるぷると体を震わせて顔を真っ赤に染める。

計画どおり！　と私は心の中でガッツポーズをした。

「だって本当のことでしょう？　あなたの努力ってつまらないことを生徒に教えること

なのかしら？　そんな先生こちらから願いさげよ。目障りだから帰ってくださる？」

これだけ言えば、「教えを乞う側のくせに相手を見下し、授業一つまともに受けられない恥知らずな令嬢」と思われるだろう。

さあさあ、怒りのままに帰って学者の皆さんに私は最悪だと言いふらしてください！

そう思い、さらに失礼なことを言おうと口を開いた時だった。

「ユフィリア、入るぞ？」

「失礼します！　姉上、ご無事ですか!?」

「え？」

突然扉が開いたかと思ったら、部屋に入ってきたのはエルフィン様とルティウスだった。

聞くと、二人は執務室へ行く道すがら私の授業風景を見るために寄ってみたそうだ。

あれ？　でも、エルフィン様の執務室への道順、この部屋とは正反対の方向だったような？

私が頭を捻っていると、私の教科書を覗いていたルティウスがとんでもないことを言い放った。

「姉上の仰るとおりですね。あなたの学説は間違っています。よくもまあ、これを定説だと言えましたね」

ルティウスの言葉に、私は目を瞠る。

ええっ⁉　そうなの⁉　適当に言ったつもりだったのに、まさか本当にこの人が嘘を言っていたなんて……。

「な⁉　適当なことを抜かすな、小僧！」

学者は、今にも飛びかからんくらいの勢いでルティウスに詰め寄る。

しかし、ルティウスは冷静な態度で教科書に載っている論文を指差した。

「だって、そうでしょう？　あなたの書いた学説が本当なら、天変地異によってこの国の王族が一度は断絶していることになってしまいますよ」

「え？　そんなはずはっ！」

学者は顔を青く一変させ、ルティウスから教科書を奪い取り論文に目を通す。

それをエルフィン様がトドメとばかりに追撃した。

「そういえばお前は先日、史実を偽った罪で、学会だけでなく城への出入りも禁止になっていたのではなかったか？　何故ユフィリアの教師をしている。……もしや間者か？　おい、衛兵、こいつを捕らえろ！」

エルフィン様は、鋭い声で部屋の外に待機していた騎士を呼び寄せた。

学者は怯えたままかと思いきや、頭脳労働者とは思えぬ動きで騎士を蹴散らす。そして私を人質にしようとしたのか、こちらへ目がけて突撃してきた。

「小娘がぁぁっ!!」

「っ！」

学者の血走った目に見据えられ、私は恐怖から体を強張らせ、ぎゅっと目をつむった。

怖いっ！

しかし、いつまで経っても衝撃がこない。

不思議に思って恐る恐る目を開けると、目の前で水球が学者を覆い捕らえていた。学者は水中で息ができない苦しさからか、がぼがぼと暴れている。

しかし、次第に酸欠になり、動きが鈍くなったところで水球が弾け、そのまま床に崩れ落ちた。

この水球を作りだしたのはルティウスだ。冷たい目で学者を見下ろしながら、彼は冷淡に呟いた。

「姉上を害そうとするとは愚かな……命があっただけでも感謝してくださいね」

でも学者は、すでにエルフィン様の氷の魔術によって拘束されガチガチと震えていたから、聞こえていなかったかもしれない。

後日、本物の歴史の先生がやってきて、『先週は急な病で授業の日程をずらしてしまい、申し訳なかった』と謝罪した。

……あれ？　この人が本来の歴史の先生？　この間の人はなんだったの？

授業が終わってから私の部屋にやってきたエルフィン様に尋ねると、彼は思い出したように話しだした。

「ああ、悪い悪い。そういえば伝え忘れていたな。どうやらお前の噂を聞きつけて、誘拐しようと企んでいたスパイだったらしい」

ええ!?　誘拐犯だったの!?　お城のセキュリティ、がばがばすぎない!?

私の声にならない疑問は、次の殿下の言葉によって解決した。

「実は、スパイがあの日、ユフィリア目当てにこの城に侵入しようと企んでいたことは知っていたんだ。怖い目に遭わせてすまなかった」

そう言って、殿下は申し訳なさそうに眉尻をさげた。

つまり私の演技は無駄だったどころか、囮捜査よろしく、犯人にボロを出させて捕らえることに協力したということだ。

……どうりでエルフィン様とルティウスが慌てて部屋に来たわけね。

他にも、学者に扮したあのスパイが私を連れ去る時間を稼ぐための工作員も紛れ込んでいたらしい。なんと、その工作員たちは、ボコボコにされて庭に積みあげられていたそうだ。

その時駆けつけた騎士は、「獣人の少女」が簀巻きにしたその工作員を米俵よろしく山にしていたのを目撃したという。

いきなり獣人の少女が出現したことに、あたりは一時騒然となった。

けれど彼女は、騎士の制止も聞かず颯爽と城の外へ消えたらしい。

その「獣人の少女」って……、もしかして私をエルフィン様に託した人だろうか？

それほど数の多くない獣人が、二度も私の危機に現れるなんて、なんだか偶然にしてはできすぎていると思う。

実際、その少女にはピンチを助けられてばかりいる。

そして何故か、私はその不器用な護り方に妙な懐かしさを感じてしまうのだった。


その事件後、私は、「王太子殿下の命によって、囮さえこなす賢きご令嬢」という肩書きまで追加されてしまった。

尊敬の眼差しもセットで。

エルフィン様はこの事件の話がでるたびに、「怖かっただろうに、協力に感謝するぞ」

と周囲に聞こえるように言って微笑んでいた。

けれど、私だけは気がつきましたとも。エルフィン様がニヤリと笑っていたことに！

その笑みが妙に腹黒かったことには、全力で気がつかないフリをしたけどね……！

ついでに、たまたま現場に居合わせたルティウスも、似たような表情を浮かべていたのも、あえて見ないフリをした。

ぶっちゃけ、恐怖を感じたわ……「この人たちを敵に回したらアウト！」という意味で。

まあ、まとめると、今回の事件はエルフィン様の掌の上で転がされた気分だったとだけ記しておく。

結局、悪役令嬢らしいこと、なにもできなかった……

先日の「歴史教師、実は犯罪者だった事件」からしばらく経った。
さすがに、叱咤激励令嬢だの囮令嬢だのという私に対する間違った評価は、落ち着きを取り戻し始めている。
今こそ、「悪役令嬢」としての地位を築く時なんじゃないかしら？

そう思った私は、歴史の授業など数々の授業でわざと悪い点を取ることで、「馬鹿な令嬢」と呆れられる計画を立てた。

ちなみに、淑女（しゅくじょ）教育は王妃様がスパルタで手を抜けないので、ここでは対象外とする。

いざ、実践！　しようとしたのだけど……

私は忘れていた。

脳筋（シグルド）という予想外の行動を取る存在がいることを——


それは、算術の授業でのことだった。

シグルドと一緒に授業を受けていると、彼は自分のノートを私の机の上にのせた。

「なあユフィリア。これはどうやって解くんだ？」

「それはここの公式を使ってですね——」

「あ、こうやるのか！　凄いな、お前！」

「シグルド……あなたは去年習ったはずじゃ？　というか、何故あなたがこの授業に出ているのですか？」

さすがに他人に間違ったことを教えるわけにはいかず、私は彼に正しい解法を教える。

そんなことがあったのだ。

ひきつった笑顔でその授業のことを伝えると、エルフィン様が答えてくれる。

「あー……一応習いはしていたようなのだがな。どうにも授業が終わると、教わった内容が記憶から消去されるみたいでな。護衛ついでに、一緒に勉強することにしたらしいぞ」

エルフィン様は苦笑いしながら、申し訳なさそうに話した。

「は？」

ちょっと……いえ、だいぶ開いた口が塞がらない。

シグルドの頭の中は黒板か！　と思わず突っ込んだ。

まったく彼のお陰で、算術の授業ではお馬鹿に振る舞うことができなかったわ……

でも、これで諦める私じゃない！　次こそは、お馬鹿アピールをしてやるんだから！


チャンスはすぐにやってきた。

外国語の授業である。

ここで、まったく理解できない子を演じて教師を呆れさせてやる！

そう思っていたんだけど……

「なー、なー、主！　これはどうやるんだ？」

「……それは『隣国の言語にて記述せよ』とありますから、あなたの場合は『夢』『将来』

といった単語を組み合わせて――」

　って、どうしてこの授業にもシグルドがいるの!?

　しかも、私も普通に教えちゃってるし……と心の中で盛大にため息をつく。

「おお、なるほど！　オレの場合は『私の将来の夢は、主の護衛騎士になること』って書けばいいのか！」

「シグルド……さっきから主って……まさか私のことですか？」

　訝しげな表情で彼を見つめると、シグルドは満面の笑みをこちらに向けた。

「もちろん、ユフィリアのことに決まってるだろ？　今のうちから慣れておこうと思ってさ！　エルフィンだって『公的な場所で馴れ馴れしく名前を呼ばないためにも慣れておけ』って言ってたし！」

「……」

　彼の言葉を聞いて、私は思わず半目になってしまう。

　とまあ、こんな具合に私が家庭教師について授業を受けている間は、シグルドが必ず側に張りつくようになった。

　本人的には、騎士見習いのうちから護衛のノウハウを学んでおこうという算段だったらしいが、結局、当たり前のように一緒に授業を受けている。

その上で気になったのは、どうして毎回シグルドが質問をする相手が私なのかということだ。

彼いわく、主が教えてくれると不思議と頭に入るのだそうな。

先生たちも止めないし。

むしろ「救いの神が現れた！」的な熱い視線を感じるし……

「脳筋」と呼ばれる所以なのか、一見、シグルドは本当に勉強が苦手なように見える。けれど、分かりやすく噛み砕いて教えると、きちんと理解してくれるので、決して頭が悪いわけではないのだと思う。

それが必要なことだと認識できなければ、すぐに忘れるというある意味凄まじい脳みそを持っているだけで。

先生方の名誉のために言うと、彼らもシグルドに理解させようと努力はしたようだ。

……したのだが、シグルドはその場では覚えたように見えても、次の授業になると以前習ったことをきれいさっぱり忘れてしまっているらしい。

何度かそれを繰り返すうちに、先生方は心が挫けたそうだ。

こいつに教えるのは無理、と。

そこに現れたのが私。正確にいうと、主と仰ぐ存在だ。

「主(あるじ)に恥をかかせたくはないとばかりに、真面目に授業に取り組むようになったのだろう」と、エルフィン様は言っていた。

シグルドのやる気は、私と一緒に授業を受けている時に限り……

結果、教師陣には「馬鹿な令嬢」のフリをして周囲のイメージをさげるどころか、「あいのシグルドにも学を身につけさせることのできる才媛(さいえん)」という認識をされた模様。

むしろ好感度はうなぎ登りだったという。

本当、どうしてこうなった……

こんな感じで、ゲーム開始までに「悪役令嬢」としての下地を作ろうとしたのだけど、どうにも真逆のイメージが浸透している気がしてならない。

いつもいつも私が望む方向とは違った解釈をされてしまうのはなんでなのかしら……

そう頭を悩ませる私の日記を、こっそり読んだエルフィン様が「よし。順調に『破滅フラグ』が折れているようだな」と満足そうに呟(つぶや)いていることは知る由(よし)もなかった。

第九章　魔力暴走

「彼女」は願った。

かつて救えなかったあの少女を、今度こそ護るために。

『——神様、どうかお願いします。もし、生まれ変わってあの子に償う機会があるのなら。たとえ人間でなくても、短命でも、ワタシの魂が消滅することになっても構わない。どうか……生まれ変わったあの子を護る力をワタシにください——』

◇　◆　◇

「魔力制御の特訓？」

「ああ。魔術師団長が言うには、ユフィリアの足が再び動くようになるためには、試してみる価値はあるとのことだ」

ある日の昼さがりのこと。

エルフィン様、ルティウス、シグルドといういつもの面々でお茶会をしていた時だった。

エルフィン様が紅茶を飲みながら、私に向かってそう言った。

「それだけで、姉上の現状を打開することができる、と？　魔力制御は魔術を使う上で基本中の基本ですよ？」

ルティウスは眉をひそめながら、エルフィン様を見つめる。

すると、シグルドも同様に疑わしげな表情を浮かべながらルティウスに続く。

「なんか怪しげな実験に主を利用しようとかじゃないんだよな？　そんなんだったら、オレはそいつらを許さないぞ」

二人とも、私のことを心配してくれているのだろう。

その気持ちが純粋に嬉しくて、私は微笑みを向けた。

「その点は心配無用だ。奴の息子を襲撃――違った、話を聞きに行って確認したからな」

口から出た言葉はかなり物騒なものだったけど、エルフィン様も二人と同じ気持ちのようだ。

というかエルフィン様……言い直しても、口にしちゃった内容は消えないからね⁉

襲撃って言った⁉　間違いなく言ったよね⁉　本当、王太子殿下がなにやらかしてんの⁉

ふとルティウスに目を向けると、案の定、顔を盛大にひきつらせている。

シグルドからは「なんだそれ⁉　オレとも手合わせしようぜ！」と斜め上の台詞がでてきてたけど。

……脳筋は相変わらず発言にブレがない。

「まあ、それはともかく。その魔術師団長の息子に、詳しい話を説明してもらおうと思ってな。もうすぐ来るはずだ。一応、側近候補でもあるので信用できる人物ではある」

先ほどの内容はさらっと流せるものではなかったと思うのだけど、深く突っ込むのはやめよう。知りたくないことまで、知るはめになりそうだし。

それに、殿下もあっさり流したしね。

でも抑えきれずに「エルフィン様って意外と好戦的なのね……」とうっかり呟いたら、耳ざとく聞きつけたシグルドから「ユフィリアに関わること限定でだと思うぞ？」と言われた。

不覚にも意味が分からなかった。

そんなやり取りをしていた時、扉をノックする音が響く。

どうやら、件の「魔術師団長の息子」がやってきたらしい。

「殿下、お呼びだと伺いましたが……」

「来たか。入ってきていいぞ」

扉を開けて入ってきたのは、燃えるような赤髪と、紅玉を模したような透き通った紅（くれない）色の瞳が目を惹く少年だった。

魔術師団員の証（あかし）であるローブを羽織（はお）っている。私より二、三歳くらい年上だろうか。

やや神経質そうに見えるのは、瞳に宿る警戒の色のせいだろう。

……まあ、気持ちは分かる。

話を聞くためと称してエルフィン様に襲撃されたあとに、その当人から呼びだしを受ければ、今度はなにをされるのかと用心しても不思議はない。

そんな彼を見つめていると、またこの少年にもエルフィン様たちのような既視感を覚える。

……あ！　今思い出した。この人も、『スピ愛』の攻略対象だったはず。

たしか、やたらと長い名前だったような？

私が彼の名前を思い出そうと頭を捻（ひね）っていると、少年が緊張気味に名乗った。

「セルシオンレクトス・ヴァランドーシュ・クレイシス、お呼びにより参りました」

「っ！」

そう！　そうだよ！　名前が長すぎて呼びづらいと有名だった人！

セルシオンレクトスもセカンドネームを持っていて、彼も私のように精霊の加護を受けているため名乗ることを許されているらしい。ちなみに、彼は風の精霊の加護を受けているとか。

エルフィン様、ルティウス、シグルドもそれぞれ氷、水、火の精霊の加護のもとに、セカンドネームを名乗っているというわけだ。

それはともかく、ゲーム開始時よりも幼いのは当たり前だけど……彼もゲームとはどこか違うのかな?

じいっとセルシオンレクトスを眺（なが）めていると、唐突に彼と目が合った。

「――っ!」

彼と視線が合った瞬間、何故だか妙に懐かしい気持ちが込みあげてくる。

なんだろう、この感じ……。変だな。彼とは初対面のはずなのに。

一方セルシオンレクトスはというと、先ほどまでの警戒した様子から一変、戸惑ったように私を見つめている。

「君、は……」

彼がなにかを言いかけたその時、不意に空気が凍った。比喩（ひゆ）的な意味ではなく、物理的に。

　びくっと震えた彼の視線が私から逸れる。やはりというか、凍りついた部屋を作りだしたのはエルフィン様だった。

「シオン……今度こそ氷漬けにされたいか？」

「――!?　ち、違いますからね、殿下！　ボクが聞きたかったのは、殿下が気にされたこととは違います！」

　殿下がそう凄むと、セルシオンレクトスは慌てたように両手を胸の前でぶんぶんと横に振る。

「そうか？　私はてっきり例の件絡みで――」

「ちょ……!?　それは、任務上仕方なかったと殿下もご納得されたでしょう!?」

　二人のなにやら含みのある会話を、私はきょとんと眺める。

「例の件」てなんのことだろう……

　そんな私を尻目に、エルフィン様が地を這うような低い声音で問い詰め続ける。笑顔なのがなおのこと恐怖を煽る。

　それに対し、セルシオンレクトスは悲鳴に近い声をあげて必死に弁解していた。

　しばらくすると、エルフィン様はやや呆れた様子で未だパニックになっているセルシオンレクトスに声をかけた。

「その……なんだ。こちらから仕かけておいてなんだが……もう少し落ち着いて対処しろ、シオン」

「へ……」

間の抜けた返事をするセルシオンレクトスを前に、エルフィン様は指を鳴らして氷結の魔法を解除した。

「たしかに前回は誤解していたから、ああしたが……今回はユフィリアに会ってもらうのが目的の一つだからな。魔術師団を通して正式に呼んでいるのに、なにかするわけがないだろう」

「っ、申し訳ありません！　つい過剰に反応してしまい……」

セルシオンレクトスはあわあわと謝ると、勢いよく頭をさげる。

「まあ、最初からお前をどうこうする気はなかったからな。魔術師は常に冷静であることを心がけなければならんぞ」

エルフィン様はそう言うと器用に片眉をあげて小さく笑った。

その様子を静かに見守っていたルティウスが、じとーっとした目つきでエルフィン様に突っ込む。

「その割には感情に任せて部屋を氷漬けにしてませんでしたか、殿下」

「……シオンにはなにもしてないだろう」

エルフィン様は、むっとした表情を浮かべながらルティウスから目を逸らした。

エルフィン様。それ、苦しい言い訳にしか聞こえませんよ……？

そう心の中で思ったけど、口にはせず黙ってエルフィン様を見つめた。

ただ、私のそんな視線を感じ取ったのか、エルフィン様は「これも私の『側近候補』としての試練みたいなものなんだ」と言い訳を続ける。

そんな殿下を尻目に、私はセルシオンレクトスへと言葉をかけた。

「えっと、セルシオンレクトス様……と仰るのですよね？」

「っ！　……あ、うん——じゃなくて、はい！」

一瞬幼い返事をしそうになったセルシオンレクトスが、急いで言い改める。

そんな姿が可愛らしくて、私はふふっと微かに笑った。

「たぶん、ご存知だとは思いますが……私はユフィリア・ラピス・フェルヴィティール と申します。よろしくお願いしますね」

「——っ!!」

そう言って彼に笑みを向けると、セルシオンレクトスは分かりやすくぼっと顔を赤く染めた。それを見たエルフィン様の表情が、途端に険しくなる。

あら、エルフィン様、かなり殺気がこもってるわ。というか、ルティウスまで殺気を向けてる……

一方シグルドはそんな二人の様子を見て、「お前らどうしたんだ？」と不思議そうに首をかしげている。

ただ、本気の殺意を向けられているのに、セルシオンレクトスはさっきとは異なり冷静だった。むしろ、苦笑しているくらいだ。

「……殿下。誤解しないでください。ボクにとっては、彼女の笑顔が懐かしく感じただけです」

その言葉を聞いて、エルフィン様とルティウスは殺気を霧散させる。

「分かっている。それでも、面白くなかっただけだ」

「……すみません。僕も誤解してしまったようで」

セルシオンレクトスに対し照れくさそうに謝る二人を前に、私の頭は疑問符で一杯だった。

私の笑顔が懐かしいって、どういうこと？　私とセルシオンレクトスは今日初めて会うのよね？

私に記憶がないだけで、今世（いま）ですでに会っているとか……？

そう一人で考えていると、いつの間にかセルシオンレクトスが目の前に立っていた。

「ユフィリア嬢。どうぞボクのことは、シオンと呼んでください。殿下もそう呼んでくれていますし。その……フルネームは呼びづらいでしょう？」

彼は、すこし恥ずかしそうに頬を指で軽く掻いた。

……申し訳ないけれど、まったくもってそのとおりだったので、ありがたく彼を「シオン」と呼ばせてもらおう。


そんなこんなで、落ち着きを取り戻した私たちは、シオンが席に着いたのを確認すると、さっそく「魔術師団長からの提案」を説明してもらうことになった。

シオンは席に着く時に、ぼそっと「あのチャラ親父……あとで仕事を倍にしてやる……」と怨念のこもった声で呟いていた。

そういえば、シオンのお父様は魔術師団長さんだったわね。

ゲームだと、シオンと魔術師団長さんの仲は「とある事件」がきっかけで、険悪なものとなっていた。

それをヒロインが修復するはずなのだけど、今のシオンは悪態はついているけど、父親との仲がそこまで険悪なようには思えない。

なんというか、反抗期の息子的な？　そんな感じに思えるんだけど気のせいかな？

大体、魔術師団長さんと仲が悪かったら、彼の提案を説明するためにわざわざここまで出向かないだろう。

私に目を向けると、シオンは真剣な表情で話し始めた。

「ユフィリア嬢の足の治療についてなのですが、これまで魔術師団の中では『あなたの怪我の回復を待って、魔術に関する訓練をする』という意見でまとまっていたのです」

魔術師たちによると、魔術を使う上で必須ともいえる魔力制御を完璧に会得し、自力で足に魔力を流せるようになれば、歩けるようになるのではないかとのことだった。

そのため、宮廷医師とも連携し、魔力を慣らす意味でエルフィン様が足に魔力を流すマッサージを行っていたというわけだ。

しかし、予想外に私の状態が重かったため、「とりあえず様子を見る」という選択しかできなかった。

「今の状態を見る限り、ユフィリア嬢の魔力制御の訓練を開始してみてもいいのではないかとの結論に至りました。その旨をエルフィン殿下からあなたに伝えてもらったというわけです」

彼の言葉に、私は真剣な表情で頷（うなず）いた。

足が動くようになるかもしれないのなら、喜んでその仮説に乗りたい。

ゲーム開始までには歩けるようにならないと、「ヒロインを虐める悪役令嬢」として振る舞えないし。

そうして自己紹介も兼ねた説明が終わり、私は気になっていたことを聞いてみた。

先ほどからエルフィン様たちが話している、先日彼とシオンの間で起きた一件についてだ。

すると、シオンが遠い目をした。エルフィン様にいたっては、私から視線を逸らし目元をやや赤くして決して私と目を合わせようとしない。

エルフィン様からは話してくれなそうだったので、私はシオンの方に視線を向ける。

「はぁ……。分かりました。ご説明しますね」

そう言って、シオンは深いため息と共に語り始めた。

それは一月ほど前のことだった。
見習いとはいえ、すでに魔術師団の仕事に従事していたシオンは、その日一日の報告

をするため魔術師団本部へ顔をだした。

そして真っ直ぐに父である魔術師団長の机に向かう。

魔術師団長は、団の中で最も魔術の才に溢れる人物だが、どうにも書類仕事を嫌がるきらいがある。

性格的に、机に齧りつくような仕事が向かないのだろう。それを示すように、彼の机の上は常に書類の山で埋もれている。

机仕事をサボりまくった結果、うずたかく積まれた書類を、死んだ目で捌いている父親を見て、シオンは顔をしかめながら尋ねた。

『父上――いえ、師団長。また、エドガー殿に説教されたいんですか』

暗に「エドガー殿に制裁されたいのか、このチャラ親父が」と伝えると、魔術師団長はシオンを一瞥したあとフッと笑って答えた。

『だから今片付けてるんだろ』

シオンはドヤ顔で言うな、と内心舌打ちをした。

まあ、要するに、エドガーの怒りが限界を超える直前に、仕事を片付けるのが常というわけだ。

ちなみに、シオンのフルネームがやたら長いのは、魔術師団長いわく『長い方がなんか格好いいと思った』からだとか。

その事実を知った時、シオンは『軽薄に見えても、なにか深い考えがあるに違いないと思ったボクの尊敬を返しやがれ!!』と叫び魔術を撃ち込んだけれど、涼しい顔で受け流された。

年齢的に技術が未熟だったのが原因だが、才能豊かだと評判のシオンにとって、悔しいことこの上なかった。

そんなやり取りのあと、シオンは帰路に就いた。

だが、『まだ十歳にもなっていない子供まで酷使しやがって！』と父親に対する不平不満を呟きながら、王城の廊下を歩いていた時のことだった。

『――っ!?』

王城の外庭に差しかかったところで、突如悪寒が走った――次の瞬間、無数の氷の礫がシオンを襲う。

『くっ……!?　我が声に応えて顕現せよ、堅牢なる守護壁！　「リフレクション」！』

礫が当たる寸前に発動した無属性の防御魔法のお陰でどうにか防げたものの、ごきんごきんと結界に当たる礫の音にシオンは冷や汗が止まらない。

『危なっ！　生半可な防御魔法じゃ貫通してる威力だよ、これ!?』

展開させた結界は、常に補強し続けなければ即座に破られそうだ。

なにせ礫の威力が強すぎて、修復する端からヒビが入るものだから一時も気を抜けない。

王城に侵入するなんてどんな手練れだ⁉　と考えたその時。

『ふむ……さすが最年少で魔術師団のエースと呼ばれるだけのことはある。やはりこの程度では仕留められんようだな』

暗闇から聞こえてきたのは、氷の礫よりも冷たく鋭い声だった。

『——っ⁉　今の声はまさか……！』

シオンはその声の正体を悟り、驚愕に目を見開いた。

なにせその人物は——

『エルフィン、殿下……』

そう。ストランディスタ王国王太子にして『始祖竜の再来』ともいわれるエルフィン殿下その人だったのだから。

必死に防御魔法を展開するシオンに対し、エルフィン様は古代呪文まで唱えだした。

『ど、どうして私を攻撃するのですか、殿下！』

必死に叫ぶシオンを、エルフィン様は凍てついた目で射抜く。

『お前からユフィリアに関する魔力制御についての説明を受けろと魔術師団長に言われてな。と、まあこれは建前だ。お前、最近ユフィリアの周りをうろついているだろう?』

『なっ!』

ど、どうしてそれを……!?

シオンは心の中でそう叫んだ。

実はシオンは、ユフィリアの陰の護衛を任されていた。

彼の魔力の潜在能力は現魔術師団長を凌ぐほどで、特に防御術に優れた資質を持っている。

そのため、護衛の他に魔術での体調維持をこっそり施していたらしい。

これは魔術師団側が内密に進めていたことだったので、ユフィリ本人はもちろんエルフィン様にもきちんと知らされていなかった。

しかし、始祖竜の能力を覚醒し、超絶チートな殿下がそれに気づかないはずがない。

ただ、魔術師団の考えにうすうす勘づいていた彼は黙認を続けていた。

だが、先日シオンがユフィリアの部屋に夜遅く侵入した時のことだ。

もちろんエルフィン様はシオンが気づかない場所でその様子を見ていたらしいのだが、その時シオンが誤ってユフィリアの肌に少し触れてしまったらしい。

エルフィン様は猛烈に怒りを感じたのだが、これが任務であることも知っているし、寝ているユフィリアの前で戦闘するわけにもいかない、とその場は抑えたらしい。

その仕返しが、この襲撃というわけだ……

『というわけだシオン。覚悟しろよ？』

エルフィン様はにやっと黒い笑みを浮かべ、再度氷の魔法を唱えだした。

『ちょ、ちょ、ちょっと待ってくださぃぃぃ！』

シオンの絶叫は小一時間ほど、庭に響いたという。

「あの時は本気で殺されるかと思いました……」

当時を思い出しているのか、シオンは涙目になりながら体を震わせる。

その様子を不憫に思った私は、呆れた表情を浮かべながら半目でエルフィン様を見つめた。

「……エルフィン様……」

「その、なんだ……悪かった」

出会った当時からだいぶキャラ変わっているわよね、エルフィン様……

もっとクールでそっけない感じじゃなかった？

ばつが悪そうにしているエルフィン様を横目に、私はそんなことを思った。

シオンとの出会いから数日後、ついに魔力制御訓練の日がやってきた。場所は魔術師団の本部内にある訓練場だ。

エルフィン様、ルティウス、シグルドと訓練場に入ると、そこにはシオンと共に見知らぬ男性が立っていた。

その人は私たちの存在に気づくと、晴れやかな表情を浮かべながら近づいてくる。

「こうやって顔を合わせるのは初めてだな、殿下の婚約者殿♪　俺は魔術師団長で、この仏頂面(ぶっちょうづら)の父親の――」

「ふざけた挨拶をする奴は放っておいて始めましょう、ユフィリア嬢」

「……お前ね、俺の台詞(せりふ)に被せるなよ……」

まだ話の途中だった魔術師団長さんの言葉をぶった切って、シオンが私に言う。

正直、魔術師団長さんを一言で表すと、チャラい。

ホントにこの方が魔術師団のトップ……？　と、思わず疑いの眼差(まなざ)しを向けてしまう。

ふと隣を見ると、ルティウスも同じ目をしていた。きっと似たようなことを彼に対して思っているのだろう。

「ユフィリア、ルティウス。お前たちの気持ちは分かる。まあ性格はふざけた奴だが、魔術の腕はたしかだ」

「はぁ……」

エルフィン様は苦笑を浮かべながらフォローしたけれど、ルティウスはまだ胡散臭げに見ている。

私はもう一度魔術師団長さんを眺めた。

その容姿は、まさにシオンを大人にしたらこんなふうになるんだろうなといった感じだった。

そこはさすがに親子だと思うのだけど……性格がまるで真逆よね、この二人。

ちなみにクレイシス家は侯爵で、魔術師団長は現当主の兄なのだそうだ。

社交界では、『魔術の道を極めたいがために家督を弟に譲った変わり者』と呼ばれているのだとか。

「はは。その目を見れば、どういうイメージを持たれているのかは、なんとなく分かるな」

しかし魔術師団長は、まったく気にしていないようで飄々とした態度だ。そんな彼の様子にエルフィン様が呆れた目を向ける。

「当たり前だ。初対面の相手への挨拶くらい真面目にできないのか、お前は」

「できたらエドガーに説教されませんよ、殿下」

殿下の小言にもまったくダメージを受けていないようで、もはや開き直っている。

「自信ありげな顔で言うことか？」

どやぁ、と効果音でもつきそうな魔術師団長さんに、エルフィン様が疲れたように突っ込みを入れた。

シオンなんて、死んだ魚のような目で父親を見つめている。

私の考えが間違っていなければ、その目は『こんなチャラい父親、本当に嫌だ』と言っていた。

そんなシオンの肩に、ルティウスが手を置いて慰める。

「シオン殿……まだいいじゃないですか。僕の父親なんて、ア、アレですよ……」

さすがにルティウスの慰めはシャレにならないよ、と私は顔をひきつらせた。

シオンも同感なのか、必死に笑みを作っているのが見て取れる。

「そ、そうだったな。すまない、ルティウス」

「冗談抜きに犯罪者の親よりは、うざいくらい軽薄な親の方が幾分かましかと」

「……そうだな、君に気を遣わせてしまったな」

「いえ……どちらにせよ、『あんな親』で苦労しますね、僕たち」

「そうだな……それには全力で同意する」

二人はそう言うと、同じタイミングで深いため息をついた。

微妙な慰め合いだったけど、なんとも言えない気分にさせられるわ、この二人の会話。

そんな気の抜けるやり取りのあと、私はさっそく訓練を始めることになった。

「変に肩ひじ張らないでいいからな。そこに置いてある水晶に手をあてて、魔力を流し込んでみてくれ。まずは君の最大魔力量を測るから」

魔術師団長さんは、先ほどまでのおちゃらけた雰囲気が嘘のように、キリッとした表情でそう言った。

訓練場の中心に設置した台座の前まで、魔術師団長さんが運んで椅子に座らせてくれる。

そして、私は魔術師団長さんの指示に従ってそっと水晶に触れた。

「――っ!?」

しかし、魔力を流そうとした瞬間、突然心臓がドクンッと跳ねた。

驚いた私は、素早く水晶から手を離す。

なに……今の……？

こめかみに違和感を覚え触れてみると、「宝珠（ほうじゅ）」がいやに熱を持っている。

「ん？　どうかしましたか、ユフィリア嬢？」

「あ……いえ、なんでもないです」

私の動きを不審に思ったのか、シオンが不思議そうに尋ねてきた。

私はとっさに平静を装（よそお）い、笑みを浮かべる。

……気のせいよね。きっと変に緊張しちゃってたから、過剰な反応をしただけよ。

気を取り直して、私はもう一度水晶に触れて魔力を流し込んだ。

「――ぁ……っ？」

水晶に魔力を流した途端、それは起きた。

突然目の前が真っ白になり、意識が宙に浮くような感覚に支配される。

初めてエルフィン様に助けられた時のように、体の中で「なにか」――魔力が増え、暴れ始めるのを感じる。

――く、苦しいっ！

次から次へと体の中で魔力が増え続け、それが体の中を暴れ回る感覚に、何度も意識が飛びかける。

辛うじて口から出るのは苦鳴（くめい）のみだ。

「ぁあ……ぁ、ぁあぁああ……!?」

「ユフィリア!?」

すると、あまりの苦痛に悶絶（もんぜつ）する私に向かって、エルフィン様が叫ぶ声が聞こえた。

痛くて、熱くて、苦しくて、それ以上に「自分ではないなにか」に意識を塗り潰（つぶ）されそうで。

怖いよ……誰か助けて……

だ、れ……か。

エル、フィ——

心の中でエルフィン様を呼んだ瞬間、また心臓が勢いよく跳（は）ねたのを感じた。

それと同時に、体の中でなにかが弾けたような感覚がする。

それを感じたのを最後に、私の意識はプツンと途切（とぎ）れた。

それは、突然のことだった。

「――ぁ……っ？」

水晶形の測定装置に魔力を込めていたユフィリアの表情が唐突に抜け落ちた瞬間、

私――エルフィンは彼女の様子がどこかおかしいことに気づいた。

「ぁあ……ぁ、ぁあぁああ……!?」

「ユフィリア!?」

ユフィリアが苦しげな声をあげると同時に、彼女の魔力が爆発したように周囲に溢れ出す。

そして、気を抜けばあっという間に吹き飛ばされるほどの凄まじい風が、彼女を中心にして巻き起こる。

なんとか踏み留まっていた私は、とっさに氷の障壁を展開した。

「くっ！」

……が、どうにも長く持ちそうはない。

すでに結界が軋む音がする。

あまりの風圧に、私はギリッと歯を食いしばった。

魔術はそれなりに自信があったのだが……暴走しているユフィリアの魔力は、私の防御魔法の強度を軽く凌ぐようだ。

この場にいる魔術師たちも各々結界を張っているが、瞬く間に破壊され壁に吹き飛ばされた。

どういうことだ……？　一体、なにが起こっている!?

今日は魔力制御の訓練をするだけだったはずだ……！

事態が掴めず焦りを募らせる私の耳に、魔術師団長の切羽詰まった声が聞こえた。

「おい！　どういうことだ!?」

「わ……我々にも何故こうなったのか分かりません！」

混乱している魔術師団長の問いかけに、魔術師の一人が叫んで答える。

「団長！　どうにかしてください!!」

もう一人の団員が悲鳴をあげながら喚いた。

……どうやら魔術師団もこの事態を把握しきれていないようだ。

「あ、あ……っ！　……ヴぁ……ゃあぁ……!?」

こうしている間にも、ユフィリアの苦悶に満ちた声が場内に響き渡る。

しかし、近づこうにも莫大な魔力の渦が私の行く手を阻み、一歩も踏み出せない。

くそ……っ！　すぐにでも側に駆けつけて助けたいのに、まるで近寄れん……！

私はもどかしさに、ぐっと眉根を寄せる。

ふと近くを見ると、危機に陥る姉を前に半狂乱になっているルティウスを、シグルドが抑え込んでいるのが見えた。珍しく立場が逆転しているようだ。

「離してっ、……離してぇえっ!!　――姉上が……姉上がぁ！」

「落ち着け、ルティウス!!　お前が行ってもどうにもなんねぇだろうが!!」

ルティウスは、気が動転していつもの丁寧語が吹き飛んでいる。シグルドは必死の形相でルティウスに叫んでいた。

「ぐ……っ、彼女の魔力量がこれほどとは……！」

「チ……ッ、あのご令嬢の潜在能力を舐めてたな、これはっ！」

「このままじゃ……っ、姉さんっ！」

シオンは魔術師団長と共に、ユフィリアの暴走した魔力を抑えようと、彼女を結界で覆おうとしている。

ただ、あの魔術の才能に溢れる親子の力を以てしても、ユフィリアの力をまるで抑えられていないようだ。

「姉さん……？」

そんな場合ではないと分かっているが、最後にシオンが漏らした言葉に疑問が生じる。

その時、ユフィリアが一層苦しそうに叫んだ。

「あああああっ！」

彼女の苦痛に歪む表情を認めて、私は意識をシオンから外した。

「姉さん」という発言に関しては後回しだ。

今はこの状況を打破する策を考えなければ。

だが、魔術師団の者でさえどうにもならないものをどうしたら止められる？

どうやったら、ユフィリアを救える？

考えろ。考えるんだ……！

私は目の前で悲鳴をあげるユフィリアを見つめながら、必死に頭を働かせる。

「っ！」

そこで、私は一つの可能性を見出した。

もしかしたら、あれなら――私の特殊技能『魔力喰い』ならば、この暴走した魔力を喰らい尽くせるかもしれない。

以前、熱をさげようと氷属性の魔力を手に纏わせ彼女に触れた時、無意識に暴走しかけていたユフィリアの魔力を喰らったことがあった。

もしかしたら今度も上手く止められるかもしれない……！

試してみるため結界を解くと、途端に凄まじい魔力圧が私を襲う。

それに耐えながら、ユフィリアに触れようと近づこうとしたのだが……あと少しというところで再びユフィリアの魔力が勢いよく膨れあがる。

その衝撃で、私は元いた場所まで一瞬で吹き飛ばされた。

「ぐ……っ！」

なんとか受け身を取り地面に転がる。そして風の勢いが緩んだところで、体を起こし片膝をついた。

飛ばされた時の衝撃で、ところどころ肌が擦り切れ血が滲んでいる。

『魔力喰い』の欠点がもろにでてしまった。

この特殊技能は、対象に直接触れて魔力を喰らう能力のために、相手に触れられなければ意味がないのだ。

ましてや、私はこの能力を完全に制御できているとは言えない。

……できるのは無自覚に奪うことだけ。

悔しさに、ぎりっと歯を食いしばる。

「くそっ‼　なにが『完璧王太子』だ！『始祖竜の再来』だ……‼　肝心な時に大切な者を護れもしないくせにっ‼」

自分が情けなくて、握る拳に力が入る。あまりに強く握りすぎたのか、掌から血が滴り落ちた。

なにか……なにか他に手はないのか!?

私が解決策の見えない現状に顔を歪めた、その時——

「それならば解き放てばいい」

「——ッ!? 誰だ!」

不意に聞き慣れない少女の声が響き、私は急いであたりを見回した。すると、訓練場の外壁の上にローブを目深に被った人影が見えた。

風圧によってローブの裾がはためき、羽毛のようなものに包まれた手足が目に映る。

「獣、人か? っ! まさかお前は——!?」

声の質からして、以前ユフィリアを私に預けた人物と同じように感じる。

私の疑問をよそにその人物は淡々と話す。

「ワタシのことはどうでもいいでしょう? 今はユフィリアを助けることの方が重要よ」

「だが……どうやって?」

藁にもすがる思いでその獣人に尋ねると、答えはすぐに返ってきた。

「ワタシがあなたの中に秘められた始祖竜の能力を覚醒させる。そうすれば、『触れなければ発動できない』あなたの特殊技能は直接触れなくても使えるようになる」

「なにっ⁉　そんなことが――」

本当にできるのか、と私が言い終える前にその獣人は言葉を続ける。

「ただし、この秘術を使えばあなたの身は竜の姿に変じる。一応、人の姿には戻れるけれど、周囲の人間から本当の意味で距離を置かれるようになるかもしれない」

「――っ」

その言葉を聞いて、私は息を呑んだ。

久しく忘れていた「怯(おび)えられ、避(さ)けられる恐怖」がよみがえったからだ。ユフィリアと出会ったことで、いつの間にか薄れていたもの。

人に避(さ)けられるのはどうしようもないと諦(あきら)めてはいても、傷つかなかったわけではない。

ユフィリアが以前言っていたように、感情を殺すことで心の痛みから逃げていたのだから。

そんな私に向かって、獣人の少女は続けた。

「だからこそ、あなたに問いたい。あなたはユフィリアを救うために、身近な人たちの情愛さえ失うかもしれない。それでも彼女を救う覚悟があるのかを」

私は目を閉じて彼女の言葉を反芻(はんすう)した。

自らの体を「竜」に変身させることで、暴走したユフィリアの魔力を触らずとも吸収できるようになる――

初めて聞く術だが不思議と確信していた。

その方法ならユフィリアを助けられるかもしれない、と。

私が今後ごく限られた味方にさえ怯えられ、避けられるかもしれない代償は伴うが。

「……だが、それがなんだというんだ」

私はそう独りごちた。

「情愛を失うかもしれない」というのなら、「再び取り戻す努力をすればいい」じゃないか。

失った信頼というものは、行動で示すしか取り戻す方法はないのだから。

なによりも大切な存在になりつつあるユフィリアのために、その選択を躊躇うことこそあいつらに――ルティウスたちや、父上、母上に失望されるに決まっている。

ならば、私に獣人の少女の提案を受け入れない理由など微塵もない。

そもそもなぜこの獣人の少女が『魔力喰い』の特性を知っているのか、始祖竜の能力を覚醒させる術を知っているのかも分からない。

けれどユフィリアを救えるのなら――

私は、閉じていた目を開き、決意をはっきり口にした。

「そうだ。なにを悩む必要があったというんだ。これまで以上の悪評がつき纏うのなら、その評価を覆すくらいの功績を重ねればいい。ユフィリアを失うことに比べれば、なんてことはない！」

私は獣人の少女に向けて叫ぶ。

すると、その言葉を聞き届けた獣人の少女が、ローブの隙間から微笑んだように見えた。

「その言葉が聞けてよかった。あなたもワタシと同じ。ユフィリアを護りたいと願う気持ちは、一緒――ううん、ワタシよりも強いみたい」

「では、頼めるか」

「ん。すぐに始める」

私が力強く頷くと、彼女はそう短く答えた。

その前に私は気になっていたことを聞いてみた。

「一つ聞いてもいいか。お前はユフィリアとどういう関係なんだ？」

「……っ」

しかし、獣人の少女は口を閉ざし答える素振りを見せない。

「あ、いや、無理にとは言わないが……。何故そこまで接点のないはずのユフィリアを護ろうとしているのか気になってな……」

答えてくれるかは賭けだったが、やはり無理だろうか。

そう思って、諦めかけた時だった。

「――たいと……願ったから」

「は？」

彼女がぽつりとなにかを呟いた。

よく聞こえず聞き返したが、獣人の少女は緩く首を振った。

彼女の声に何故か悲壮感を覚え酷く気にはなったものの、獣人の少女はそれ以上の追及を拒むように続ける。

「ワタシのことはいい。今は集中して」

「あ、ああ……分かった」

すぅ、と深呼吸をしたあと、彼女が術式の詠唱を始めた。

『古より受け継がれし、叡知ある竜の末裔たるかの者の血を今ここに喚び起こさん――

凍てつく吐息の目覚める処、凍える吹雪が吹き荒ぶだろう。見よ、在りし日のかの竜は
白銀の平原に降り立つ――』

彼女が術式を口にした瞬間、私の足元に魔法陣が浮かびあがった。

「なっ⁉　なんだこの術式……竜、の？　――っ、まさかっ！　殿下、早くそこから離

れてください！」

　魔法陣を見た魔術師団長が、必死な声で叫ぶ。

　さすが歴代の魔術師団長の中でも、特に天才といわれているだけある。一目見て足元に浮かんだ魔法陣の術式の内容を悟ったようだ。

　しかし私は、そんな彼に小さく笑いかけた。

「心配するな。これはユフィリアを救うのに必要なことだ。言い方は悪いかもしれないが、お前たちではユフィリアの暴走を止める手立てがないはずだ」

「――それはっ！　いえ、俺が言いたいのはそういうことではなくて……！　聞いてください、殿下。いいですか、この術式は――」

　なおも食い下がろうとする魔術師団長の前に、シオンがすっと腕をだした。

「父上、大丈夫です。この術式の術者は、彼女です」

　そう口にしたシオンを、私は驚きの表情で見つめる。

　あいつ、獣人の少女の正体を知っているのか……？

「そんなことは分かってる！　俺が言いたいのは、この魔法を使った施術者がどうなるのかということだ！」

「っ⁉」

今の魔術師団長の言い分だと、術者である獣人の少女にも危険が及ぶということだろうか。

私がはっと少女に目を向けると、彼女は平然とした様子で立っている。

「おい、どういうことだ！　この術を使うと、お前にもなにか影響があるのか⁉」

私が少女に問いかけると、彼女は大きくため息をついた。

「ワタシのことを気にしているつもり？　こんな無駄話をしている間もユフィリアは危険な状態にいるのよ」

獣人の少女が指差す方には、気を失いながらも苦悶の表情を浮かべるユフィリアがいる。

「くっ」

悠長にしている時間は、ないということか！

唇を噛む私を前に、シオンが真剣な顔で口を開いた。

「エルフィン様、父上。彼女も覚悟の上ですよ」

すると魔術師団長は頭をがしがしと掻き乱して、ため息をついた。

「……はぁ、情けねぇ。大人よりもガキ共の方が肝が据わってるとはな」

そして顔をあげた魔術師団長は、先ほどまでの焦燥した表情から一変、落ち着いた様子で私と獣人の少女に尋ねる。

「――殿下、そしてお前も。本当にいいんですね？」

「ああ」

「ええ」

私たちの顔を交互に眺めた魔術師団長は、最終確認をした。

私と彼女は時間が惜しいとばかりに簡潔に答える。

その答えに彼は、「仕方ねぇなあ、本当に……！」と苦笑し、一つ大きく深呼吸をした。

そしてそれまでの雰囲気をさっと切り替え、周りの魔術師団の団員へ命令を飛ばし始めた。

「魔術師団本部全体の結界を強化するぞ!!　全員、所定位置へ急げ!!」

指示を待たずして行動していた団員もいたようで、それぞれが定位置に移動する時間は驚くほど短かった。そのため、結界の強化自体は素早く成される。

突発的な指示だったにもかかわらず、すぐに対応できているあたり、有事の際の訓練が日頃からしっかりとされているのだろう。

なんだかんだ言っても頼りになる奴らだ、と私は微かに笑みを浮かべた。

結界の強化が充分であることが確認されると、獣人の少女が術式を再開する。

やがて、光の柱が現れ私を包み込んだ。

どくんどくんと心臓の鼓動(こどう)が嫌に大きく聞こえる。

ざわざわと魔力がざわつき、血が沸騰(ふっとう)しているかのように体が熱い。

「あ……は……っ、く。は……っ、は、ァ……！」

段々と呼吸が浅くなっていくのに伴い、徐々に体が変質していくのが分かった。

それと比例するように、魔法陣の光が強くなっていく。

「抗(あらが)わないで。受け入れて……」

少女の声が遠くから届く。

（ああ――分かっているさ。ただ、無性に暴れたい衝動を感じるんだ……）

熱くなる体に反して、私の頭には次々と自分がするべきことが冷静に浮かんできた。

破壊衝動に関しては、ユフィリアの魔力を取り込めば抑(おさ)えられるということを本能的に感じる。

逆にユフィリアへは私から魔力の源である魔素、マナを注ぐ必要があるようだ。

――つまり私たちは、互いに支え合うことでこそ真の力を発揮できる。

そんなことを考えていると、魔法陣から発せられた目映(まばゆ)い光が落ち着き、あたりの風景が再び目に入った。

そして私は、自身の体を見下ろす。

変わっていることは感覚で分かっていたが、それでも驚きを隠せない。――固い鱗に覆われた体、大きな翼、そして人の身ではあり得ないほど鋭い爪。

どこからどう見ても、今の私は竜の姿になっていた。

しかし、いつまでも自身の変化に戸惑ってはいられないと顔をあげる。

今はユフィリアを救うことだけを考えろ。

そう自分に言い聞かせ、ユフィリアの頭上に飛び、周囲に満ちる魔力を片っ端から喰らった。

『なんだ、これ。美味い！　以前にも増して、味が――』

あまりにも甘美なユフィリアの魔力に、つい夢中になって貪りそうになる。

なんとか自制心を総動員させ、少しずつ周囲に満ちた魔力を取り込みながら、ユフィリアに向かって確実に前進していった。

先ほど本能的に感じたとおり、ユフィリアの魔力を喰らうたびに破壊衝動と飢えが収まっていくのを感じる。

そうしてやっとのことで、私はユフィリアのもとへ辿り着いた。

『ユフィリア？』

自らの足で立てないユフィリアは、椅子から崩れ落ちたのだろう、地面にうずくまっていた。その表情は苦痛に歪み、眦には涙を溜めている。

私はユフィリアの側まで慎重に近づいた。

そこで、今の姿のままだとユフィリアを傷つけかねないということに気づいた。

この爪で傷つけないようにしなければ……どうにか元に戻れないだろうか。

そう思うと同時に、竜の体を光の粒子が包み込んだ。

目映い光に思わず目をつむり、再び開くと、驚くことに体が人間の姿に戻っている。

「あ……戻っ……た？」

どうやら、念じれば自在に変化できるようだ。私は己の新たな力を漠然と理解した。

そして、私は倒れていたユフィリアに駆け寄り、その体をそっと抱き寄せた。

温かな鼓動を感じ、彼女の命が無事であることにほっと息を吐く。

「ユフィリア……私の『番』……」

思わず口をついて出た自分の言葉に目を瞠る。

（私は今なにを言った――？）

普通、そこは「婚約者」だろう。

何故そんな言葉が出たのかと首を捻っていると、腕の中でユフィリアが微かに身じろ

ぎする。

「うう……」

困惑する私の下でユフィリアが苦しげな声をあげた。

はっとしてユフィリアに目を向けると、彼女の近くにあの水晶が転がっていることに気づく。

水晶は不気味な輝きを放ちながら明滅し、それに呼応するようにユフィリアが呻いた。

まるで呪詛のようだ、と思った。と、同時に腹が立つ。

「私」のユフィリアをこれ以上苦しめるな！

怒りのままに、私は手に魔力を纏わせた。

「こんなものっ――」

「待って！」

水晶を砕くべく魔法で氷の礫を作ろうとした私を、獣人の少女が止める。

「あなたが触れるのは駄目よ……ワタシがやるわ」

私の返答を待たずして、彼女は目の前にふわっと舞い降りた。

『精霊王の名のもとに禍々しきものを打ち砕く一撃と成せ！』

少女はぶつぶつとなにかを詠唱すると、彼女の両手に文字の羅列のようなものが絡みつく。そして、組んだ両手を水晶へ振りおろした。

パァン！　という鋭い音と共に、水晶が勢いよく砕け散る。

それと同時に、水晶が放っていた、なにか嫌な感じのものが霧散するのが分かった。

すると、先ほどまで周囲を渦巻いていた薄暗い空気が、嘘みたいに晴れていく。

慌ててユフィリアを見ると、苦しげに呻いていた彼女の呼吸は安定していた。

――よかった。ユフィリアを救えたんだ。

安堵と共に、胸に温かい感情が湧きあがってくる。

私は、ユフィリアを救うため尽力してくれた獣人の少女に礼を言おうと顔をあげた。

しかし、少女の体がグラリと傾いたかと思うと、その場にドサッと倒れた。倒れた拍子に顔を包んでいたローブが外れ、彼女の顔が露わになる。

鳥の亜人なのだろうか、少女の手足の一部は白色の羽毛のようなもので覆われていた。

「おい!?」

突然のことに、私は目を丸くする。

しかし、ユフィリアを支えている手前、獣人の少女に駆け寄るわけにもいかない。もどかしさを感じていると、後ろからシオンの声が聞こえてきた。

「未來姉さん!?」

この少女――ミライ、というのか？

そんなことを考えていると、血相を変えたシオンが彼女の側まで駆け寄り、その体を抱き起こした。

目の前の二人を眺めて、私は一つ違和感を覚える。

いや、ちょっと待て。あいつに「姉」はいなかったはずだぞ？　魔術師団長の子供は、シオン一人だけのはずだ。

「姉さ――」

「それをここで口にするのはまずいって言っておいたでしょう？」

抱き起こされた獣人の少女――ミライは、ぼんやりと目を開き「仕方がないなぁ……」と呟きながらシオンを窘める。

シオンは自分が失言したことを瞬時に理解したのか、さっと表情を強張らせた。

「あ……。えっと。あの、ですね、殿下。これには事情が――」

「まずはユフィリアをちゃんとしたベッドに寝かせてあげてくれるかしら？　話はその子が目覚めてからの方が手間も省けるでしょう？」

あたふたと説明をしようとしたシオンを、ミライは制した。

「私としてはそれでも構わないが……」

たしかに、早くユフィリアを休ませてやらなければ。

いろいろと引っかかることはあるが、今はユフィリアの体が最優先だ。そう考えた私は、ミライの提案に賛同する。

事後処理の指示を飛ばしている魔術師団長に声をかけ、私とユフィリア、なんとか落ち着きを取り戻したルティウス、シグルドは、その場をあとにした。

それからユフィリアが目覚めるのには、数日かかった。

竜化した際、私が思いの外魔力を喰いすぎたのと、宝珠(ほうじゅ)の魔力の暴走によって精神がかなり疲弊(ひへい)したことが原因らしい。

申し訳なく思ったが、宮廷医師からは、「殿下の勇気が彼女を救ったんですよ」と励まされた。

その言葉に、少しだけ救われた気分になった――

◇　◆　◇

魔力暴走を起こしてしまった日から三日後、私――ユフィリアはようやく目覚めた。

目覚めて早々、ルティウスからのタックルを受けて、再び意識が闇に沈みそうになったのは余談だ。

シグルドには「側についていながらお護りできず、申し訳ありませんでした！」と土下座と共に、謝られた。

別にシグルドのせいではないのだから、責める気など毛頭ないのに。

——そして、エルフィン様にはきつく抱きしめられ、これまた気を失いかけた。

ルティウスのタックルとタメを張れる強さだった、とだけ言っておく。

私が魔力暴走を起こした原因は、どうやら測定用の水晶に刻まれていた術式に細工がされていたせいらしい。

しかし、私を助けるのに協力してくれた獣人の少女が水晶を砕いてしまったから、それ以上調べようもないのだとか。

ただ、改竄された術式の解析だけは、魔術師団長さんができたらしく、ある程度どんな術式が刻まれていたかは判明しているとのこと。

「それくらいのことができなけりゃ、君にこうして会う資格はないしな」とは、先ほどお見舞いに来てくれた魔術師団長さんの言葉だ。

その魔術師団長さん主導で再計測をしたところ（今度はちゃんと測定できた）、やはり私の魔力量は規格外のようだった。

くわえて、驚くべきことに、属性はなんと「光属性」だ。

……あれ？　どうして？　たしかゲームでは、ユフィリアは「闇属性」だったはずなのに。

それはともかく、私を助けてくれた獣人の女の子のことだけど、かなり無理をしていたのか、私を呪詛（エルフィン様にはそう感じられたそうだ）から解放した直後、力尽きたように倒れてしまったそうだ。

一応、私が目覚めてから説明すると言っていたそうなので、明日訪ねることになった。


翌日。

予定どおり、彼女が借りているという魔術師団員のための寮の一室にみんなで行くことになった。

どうして獣人の少女が魔術師団の寮にいるのかというと、シオンが彼女と初めて出会った時、行き場がないという獣人の少女に部屋を提供したためらしい。シオンに相談を受けた魔術師団長が、彼女をそこで保護するのを許したというわけだ。

ちなみに今日もエドガーさんが私を抱えて運んでくれている。

移動中ずっとエルフィン様の視線が突き刺さってくるのが、なんとも居たたまれない。

エルフィン様は「私が運ぶ！」と主張したそうなのだけど、「体格的にも私が運んだ方が、ユフィリア様への負担も少ないと思いますよ」と言われ、ぐうの音も出なかったようだ。

また何故エドガーさんが私たちに同行してくれたかというと、陛下が騎士団からも一名、話を聞く者をつけるようにと仰ったからだそうだ。

さすがにエルフィン様を含めた私たちの護りが、シグルドだけでは心許ないからという理由もあったようだけど、それ以上に、出自の定かでない獣人の少女に、王族や高位貴族の子息子女だけで会わせられないというのもある。

……まあ、エルフィン様にしろシグルドにしろ、すでに大人顔負けの実力を持っているので、あくまでも建前的な意味が強いと思うが、ルティウスは私と同じで、魔術の訓練はまだ始めていないので、戦力にはならないしね。

そう、うっかり口走ったら、ルティウスはショックを受けて固まってしまった。

しかしすぐに復活したルティウスは、目を据わらせながら、「今から鍛えます」と宣言したのだった。

幼くてもそこはやはり男の子らしく、プライドがいたく傷ついた模様。

そんなやり取りをしている間に、獣人の女の子がいる部屋に到着した。

ちなみに少女の部屋は、シオンが借りている部屋の隣だそうだ。

「……？」

自分の部屋の前で待っていたシオンの姿を認め、私はその様子に違和感を覚える。

というのも、今にも泣きだしそうな表情をしている気がするのだ。

しかしシオンはこちらに気づくと、先ほどまでの様子をおくびにも出さず、背筋を伸ばして出迎えてくれた。

「わざわざ殿下方にご足労いただき、申し訳ありません」

「いや……気にするな。それより、なにかあったのか？」

殿下の問いかけに、シオンはビクッと肩を揺らす。

「なんのことですか？」

「隠しても無駄だ。酷い顔をしているぞ」

「……っ！」

何事もなかったかのように取り繕おうとするシオンに対して、エルフィン様はそう言った。

途端に平静を装っていたシオンの表情が崩れる。

「――彼女はもう、自力では起きあがることができなくなりました」

「なに⁉」

シオンの言葉にエルフィン様が驚きの声をあげる。

「彼女」って、獣人の女の子のことだよね？

どういうこと……？

私の疑問を代弁するように、殿下がシオンに聞く。

「どういうことだ？　シオン」

「会っていただければ分かります」

寂（さび）しそうに笑いながら、シオンは隣室の扉を開いた。

まず目に飛び込んできたのは、まるで森の中に迷い込んでしまったかと思うほど、所狭しと置かれている植物たちだった。

植物の背丈はかなり高く、天井まで覆（おお）い尽くしている。

見た瞬間、ぎょっとしたのは私だけじゃなかったようだ。

私たちがどん引いているのが分かったのだろう、シオンがなんとも言えない表情で話してくれた。その顔が若干ひきつっている。

「あー……、お気持ちは分かります。普通の人はここまで植物を置かないですよね。ボクも言ったんですけど……本人的にはこれで快適らしくて、話を聞いてくれなかったんですよ」

まあ、たしかに聞く限りかなり浮世離れした女の子のようだから、簡単には人の言うことには耳を傾けないのかもね。

「——!?」

「これは……」

なんとか植物を掻き分けて進んだ先に広がった光景に、私たちは息を呑んだ。

辛うじて冷静さを失わずにすんだのはエドガーさんのみ。これは、経験の差だと思う。

部屋の中心に置かれていたベッドに横たわっているのは、エルフィン様が言っていた「獣人の少女」に間違いはないだろう。

ただ、その姿が異様だった。

なにせ、あちこちが羽毛に覆われた少女の体が、仄かに光を帯びていたからだ。

私たちの目には、まるで今にも消えてしまいそうなくらい儚げに映る。

彼女は物音に気がついたのか、閉じていた目を開いてこちらに顔を向けた。

不思議なことに、彼女の翠色の瞳と目が合った途端、以前シオンに感じたのと同じ懐かしさを覚える。

あれ？　この人とも、どこかで会ったことがある……？

私の戸惑いが伝わったのか、彼女はくすっと小さく笑った。

「ふふ……元気そうでよかった。わざわざ来てもらってごめんなさいね。そして、連れてきてくれてありがとう、琉生」

「うん……」

「シオンが『もう自力で起きあがれない』と言っていたが。……ん？　るい？」

エルフィン様が獣人の少女に話しかけようとしたが、最後の言葉に引っかかったようだ。

眉をひそめながら復唱した。

「――っ!?」

「……？　どうした、ユフィリア？」

私は、今度は別の意味で息を呑んだ。

――琉生。その名前に聞き覚えがあったから。

それは、あの頃、ろくに会話すらできなかった異母弟の名前だったから。

呆然と彼女を見つめる私の顔を、エルフィン様が不思議そうに覗き込んだ。

「……っ、あなた、たちは……まさか――」

やっと出た言葉はそれだけだったけれど、シオンと少女には分かったみたいで、私に向かってふっと微笑む。

何故だか、その笑みを見て私は安堵を覚えた。

どうやら「今世でも疎まれているのは嫌だ」と無意識に考えていたらしい。

変な気持ちだ。前世じゃ、琉生には遠巻きにされていて、上の異母姉には嫌がらせをされていたのに。

「言い出せなくて申し訳ありません。ボクは前世は志岐森琉生という名前で、美琴姉さんとは腹違いの姉弟でした」

そう言ってシオンは申し訳なさそうに頭をさげた。

「ワタシは志岐森未來。前世で、美琴のことを虐めていた異母姉の一人よ。今世では名前がないから、前世の名前でミライを名乗っていたわ」

「――？　お前たちが……ユフィリアの前世の――っ？」

二人が名乗ると、エルフィン様が凄まじい殺気を放ち始めた。獣人の女の子――未來さんは、こともなげに言葉を続ける。

「……ワタシを殺したいのなら、それでも構わないわ」

「ほう？　ずいぶん潔いな？」

そんな未來さんを、殿下は口の端を歪めて睨みつけた。

「でも、その前に話を聞いてもらえないかしら」

「ユフィリアを助けてくれたことには礼を言うが……それ以上なにを話すことがある」

「あなたに殺されなくても、ワタシはもうじき死ぬわ。それまでの間くらい、待ってくれてもいいと思うのだけど」

未來さんに敵意を示していた殿下は、彼女の言葉を聞いて表情を改めた。

もうすぐ死ぬ……その言葉に、シオンが体をビクリと震わせる。

「っ!? なんだと……？」

「――っ！」

「っ！　シオン……？」

シオンが動揺していることに気づいたエルフィン様は、殺気がこもった魔力を霧散させる。

殺気が消えたことで私たちはほっと息を吐いた。

エルフィン様、無自覚に部屋を凍りつかせていたからね。

エルフィン様が志岐森の名に反応したのは、私の前世の話を聞いていたからだろう。

琉生はともかく、未來さんは私を苛(いじ)めていた一人だったから、怒りの矛先(ほこさき)が向いたのだと思う。

ちなみにルティウスとシグルドは、下手に口を挟むべきではないと判断したみたい。

まあ、シグルドは単に話についていけてないだけかもしれないけど。

前世の記憶があるなんて話、頭がおかしいと言われると思って、エルフィン様とその場にいたエドガーさんくらいにしか話してないもの。

二人が話に入ってこないのは当たり前だろう。

それはともかく、エルフィン様を止めなきゃ。だって、あの頃、受けていた「虐(いじ)めの内容」——当時も、もしかしてとは、思っていた。

周囲の反応をよそに、未來さんはシオンを見て苦笑していた。

「なんて顔をしているのよ、琉生。初めから分かっていたことじゃない」

「でも——っ！」

「ワタシは今感謝しているの。今度こそ美琴を救えたんだから、後悔なんてしてないわよ。それに——後悔なら、前世で散々したもの」

「未來姉さん……」

「それに、あなたの前世の記憶が戻っちゃったのはワタシのせいでもあるし」

今にも泣きだしそうなシオンを宥(なだ)めていた未來さんの言葉に、エルフィン様が反応した。

「どういうことだ？」

するとシオンに向けられていた未來さんの視線が、エルフィン様に移る。

「エルフィン殿下。あなた、以前琉生……いえ、シオンに、奇襲を仕かけたことがあったでしょう？」

話しだした未來さんの言葉に、私は思わず顔がひきつった。

胡乱げな目で未來さんがエルフィン様を見つめると、彼はばつが悪そうに目を逸らす。

「まあ、魔術師団長からの任務だったとはいえ、『女の子の寝所にたびたび入り込んでいた』のだから、エルフィン殿下が怒るのも無理はないけどね」

「ちょっ⁉　今それは言わなくてもいいでしょう⁉」

全員の（一部殺気のこもった）視線を一斉に向けられ、シオンはおろおろと慌てふためく。

「あら、エルフィン殿下は冷静ね？」

未來さんが意外そうにエルフィン様に話しかけると、彼は呆れた様子で答える。

「襲撃した時から大体の理由を知っていたからな……お前、それを理由にシオンをからかっただろう」

「ふふ、さすがね。まあ、冗談はここまでにして」

恨めしげな目を向けるシオンを涼しい顔で受け流し、未來さんは私に顔を向けた。

「話を戻すけど、シオンは魔術師団長から特別任務を命じられていたのよ。こめかみに埋められた宝珠があなたの体に悪影響を及ぼしていないか、というのを観察するためにね。あとはあなたの体調維持が目的よ」

以前、エルフィン様がシオンに奇襲を仕かけた話を聞いた時、そのようなことを話していたのを思い出した。

その時は奇襲内容に気を取られて、シオンの任務についてはあまり聞くことができなかったけれど。

観察の理由は納得できる。

私、ハルディオン公爵家でなにかの実験の被験体にされていたのだから、不測の事態に備えるのは当然のことだ。

でも、体調維持って具体的にどういうことだろう……

気になった私は、未來さんに尋ねることにした。

「あの……」

「ん？　どうかしたかしら、ユフィリア」

恐る恐る話すと、彼女は優しい目で私を見つめる。

「体調維持、とはなんのことを仰っているのですか？」

私の問いに、未來さんは「ああ」と小さく言って静かに続けた。

「ごめんなさい。説明が足りなかったわね。シオンがあなたにしていた施術は、大気に満ちている『マナ』を集め、あなたの体内に注ぐことよ」

「マナ」とは魔力の源とされる魔素が凝縮されたものであり、精霊はそれなくして人間界に存在できないらしい。

魔術師団によると、私の体は「半精霊化」しており、マナなしには生命を維持できないだろうというのだ。

彼らの間では、取り込んだマナを宝珠(ほうじゅ)に溜(た)め込むことで、未だ動く兆(きざ)しのない足の問題を解決できるかもしれないと仮説が立っているらしい。

でも、ユフィリアが「半精霊化」してるなんて、『スピ愛』のシナリオには、もちろんなかったはずなんだよね……

続編とかでていたら、そちらででてくる新設定の可能性もあるけど……

説明の最中どんどん不機嫌になっていくエルフィン様を、未來さんが小さく笑いながら窘(たしな)める。

「……っ」

「面白くないのは分からないでもないけど、彼女の体調維持の術式は、『以前のあなた』

には無理だったのだから、仕方ないでしょう」

「だから面白くないと思っているのだろうが」

「大人顔負けの実力があっても、やっぱりまだ子供ね」

「うるさい」

エルフィン様は頬を膨らませて拗ねる。彼には不本意かもしれないが、その姿が可愛らしく見えた。

「それと、もう分かっているんでしょう？　ハルディオン公爵家から美琴……ユフィリアを連れだして、あなたに託した獣人がワタシだってこと」

「……ああ」

「半ば確信してはいましたが……やはりそうでしたか」

未來さんの言葉に、エルフィン様とエドガーさんは神妙に頷いた。

「しかし、気になっていたんだが、どうやってお前はシオンと出会ったんだ？」

エルフィン様はそう未來さんに問いかけた。

たしかに言われてみたら、今世の二人に接点があったとは思えない。

「ああ、それは、シオンが施術のためにユフィリアの部屋に来た時に、先に行ってたワタシと鉢合わせしたのよ」

「は？」

唐突な告白に、私たちは戸惑いの色を隠せない。

それを察したシオンが、コホンと咳払いをしたあと口を開いた。

「ええと……補足しますと、ボクが任務のためにユフィリア嬢の部屋を訪ねたら、彼女がいたんですよ。一応、結界を張ってあったはずなのにどんな手練れだ⁉ と警戒しました。その時、ボクは前世の記憶が戻っていませんでしたから、彼女が未來姉さんだと気づいていませんでしたし」

本来は私だけが眠っているはずの部屋に、見知らぬ獣人の少女がいたことにシオンはそれはもう驚いたそうだ。

そして、私に害を成そうとする者かと疑い、一気に警戒心がマックスになったらしい。

けれど、驚いたのは未來さんの方も同じだったらしく、彼女は自身の特殊技能を使い、シオンの心を読み取ろうとしたのだとか。

精神感応能力者なんだと、未來さんはつけくわえた。

しかし、どういうわけだか未來さんのその力が逆流してしまった。

分かりやすくいうと、「相手の思念を読み取る」はずが、「自分の思念を送ってしまった」。

どうやら、シオンの魔法抵抗が強すぎたために起こった現象らしい。

未來さんは生まれた時から前世の記憶があった。けれど、それを誰にも明かしたことはなかったそうだ。

前世の記憶があるなんて、頭がおかしいと言われるに違いないと考えたのだとか。

その気持ちは私も共感できる。

実際私も、エルフィン様や近しい人にしか話してないもの。

未來さんの前世の記憶を頭の中に流し込まれる形となったシオンは、その反動で自身の前世の記憶がよみがえったようだ。

「ずっと、美琴姉さんの死は心の中でしこりとなっていました。親に仲よくするなと言いつけられていたけど、ボクは本当は美琴姉さんと話したいと思っていたんです。前世の記憶を取り戻したのは、そんな思いを無意識に抱えていたからかもしれません」

前世の私が死んだ数年後、琉生は高校入学と同時に家を出たそうだ。

元から親に対する尊敬などなかったそうだけど、私への罪悪感や後悔をまったく抱いていない姿にとうとう嫌気が差したとか。

「ワタシ、あの日ほど自分を呪ったことはなかったわ」

すると、ぽつりと未來さんが呟いた。

「あの日？」

私が小首をかしげて未來さんを見つめると、今まで終始冷静だった彼女が、くしゃりと顔を歪ませた。

「あなたが交通事故にあった日よ。あの日、父さんにいつもより酷い暴力を振るわれていたから気になってね。家を出ていったあなたのあとをついていったの」

え、そうだったの？

私が驚いて声が出せないでいると、未來さんは言葉を続ける。

「交差点に差しかかった時、トラックが猛スピードであなたに突っ込んでいくのが見えたわ。必死に手を伸ばした。あなたを助けたかった。だって、親の手前仲よくすることなんてできなかったけど、ワタシにとってあなたは大切で大好きな妹だったんだもの……なのにっ！」

そこまで言った未來さんは、目から涙を一筋こぼした。

「だから、今世では絶対にあなたを護ると誓ったの」

「どうして――」

どうしてそこまで、私を護ろうとしてくれたの？

戸惑う私は、言いかけた言葉をそれ以上口にできなかった。

未來さんは、ふっと笑ったあと、どこか遠くを見るように呟いた。

「もう……後悔したくなかったのよ。でね、前世で死ぬ時に願ったの。生まれ変わってやり直す機会があるのなら——たとえ人間でなくても、代償に短命になっても、ワタシの魂が消滅することになっても構わない。だから、生まれ変わった美琴を護る力をワタシにくださいって。あの日届かなかった手を、今度こそ掴むために」

未來さんはその一言と共に空を掴むように手を伸ばした——その時。

淡く光っていた未來さんの体が強い輝きを放ち、宙に伸ばされていた手が光の粒に変わり始めた。

「み、未來さん!?」

「なっ!?」

「なにが起こって……」

「うわ!?　手が消えてってるぞ!?」

「——姉さんっ！」

私、エルフィン様、ルティウス、シグルドが驚愕の面持ちを浮かべながら、順に口を開く。最後、シオンは、悲鳴のような声をあげて未來さんの体にすがりついた。

「ふふっ——残念。時間が来ちゃったみたい」

そんな状況なのに、未來さんは消えゆく自分の腕を眺めながら、「仕方がない」と苦笑している。

「思った以上に持たなかったみたいね、ワタシの命」

「おいっ！　どうなっている……!?　お前――」

刻一刻と消え始める未來さんに、エルフィン様が詰め寄った。

「ね、エルフィン殿下。時間がないから、最期に言い訳させてもらっていい？」

「……『美琴』に、じゃなくてか？」

つかみどころのない態度だけど、未來さんの瞳には真剣な色が浮かんでいる。

そんな彼女に、エルフィン様が尋ねた。

「だって言い訳だもの」

茶目っけたっぷりにそう言った未來さんに、私はあえてなにも言わなかった。

ううん、言えなかった。

彼女には冗談抜きにもう時間がない。

だから、エルフィン様への「言い訳」を通じて、未來さんの気持ちを知りたかったのだ。

「……分かった。聞こう」

「知ってると思うけど、ワタシね、前世で腹違いの妹に意地悪してたの。酷い言葉をぶつけたり、水をかけたり、いろいろ。でもね……ホントは目一杯可愛がりたかった。『あの子』は頭もよくて、運動もできて、『文武両道』ってこの子のことを言うんだわ！　って、内心自慢だったの」

「何故現実でもそうしてやらなかったんだ」

目を輝かせて話していた未來さんは、エルフィン様の言葉に表情をかげらせた。

「……無理よ。お父様も、お母様も、家の使用人たちまで、寄ってたかって『あの子』を虐めてたのよ？　前世じゃワタシ、あんな親でも彼らの庇護なしには生きられない甘ったれた子供だった。だから、嫌でも虐めるフリをするしかなかったの。本当に言い訳でしかないわね、最低よ」

「……」

未來さんの言葉を、エルフィン様は黙って聞き続ける。

「だから、表だって味方できないせめてものお詫びに、庭にわざとゲームとか、本とかを落としてたの」

エルフィン様がその台詞に目を見開いた。

私、その話、エルフィン様にしたものね。

当時から変だと思ってたけど、やっぱりわざわざ私に寄こしてたんだ。

すると当時を思い出したのか、未來さんは可笑しそうに笑った。

「そうしたら、『あの子』、律儀にも持ってきたのよ？　あの時、『あなたにあげるために、わざとやったのよ！』って言いそうになるのを堪えるのに苦労したわ」

未來さんの当時の胸の内を知って、私は思わず赤面した。どうりで私をチラ見してから投げ捨ててたわけね！

拾ったそれを何度も持っていくたびに、未來さんの表情筋がぴくぴく痙攣していたから、怒ったのだとばかり思っていたわ。まさかそんな意図があったなんて。

「そんな日が続いたある時、あの事故が起きてしまったの……本当に自分を恨んだわ。何故もっと優しくしてあげられなかったの？　って。普通に本やゲームを渡して一緒に遊べばよかった。ワタシはただ、美琴の笑顔が見たかっただけなのに！」

ぼろぼろとこぼれ落ちる涙をそのままに、未來さんは悲痛な顔で叫んだ。

いつの間にか私の頬にも流れ落ちていた涙を、エルフィン様が優しく拭ってくれる。

でも……そっか。未來さん、駆けつけようとしてくれてたんだ。

それが聞けただけでも嬉しい。

「美琴姉さんの事故後の未來姉さんは、酷いものでした。学校も休みがちになり、食事も喉を通らなくなって、夜も満足に寝ていなかった。どんどん衰弱していって……ボクはそんな未來姉さんになにもしてあげられませんでした。それから間もなくです……未來姉さんは息を引き取りました」

　シオンが苦渋を滲ませながら最後にそう言った。

「……長々と見苦しい言い訳を聞かせちゃってごめんなさいね、エルフィン殿下」

「いや……お前の本心が聞けただけでも、『美琴』には救いだったと思う。私もお前の話を聞けてよかった」

「ありがとう、『あの子』を大切にしてくれて。あの頃のワタシにはできなかったから」

　話し終えると、未來さんはシオンに顔を向けた。

　この時にはもうだいぶ光が強くなっていて、顔を視認しづらくなっていた。それなのに、不思議と彼女がどんな顔をしているのかが分かる。

　それは、私を慈しむ心で溢れた優しげな顔だった。

「中途半端にあなたに投げちゃうことになってごめんね、琉生……ううん、シオン。あとは、お願いね」

「うん……前世で美琴姉さんになにもしてあげられなかったのは、ボクも同じだから。美琴姉さんが――ユフィリア嬢が幸せを掴むまで、側で護るよ。大丈夫、今はエルフィン殿下やルティウスやシグルドもいるし。父上や他にも味方が沢山いるし！　だ、から……っ、未來姉さん、は……安心して……？」

明るく話していたシオンの声は、あとになるにつれ次第に震えていく。

「うん、ありがとう。ねえ、エルフィン殿下」

シオンに優しく微笑（ほほえ）んだ未來さんは、今度はエルフィン様に声をかけた。

「……なんだ？」

「どんなことがあっても、ユフィリアの側にいてあげてね」

彼女の願いを聞いたエルフィン様は、真剣な顔でしっかりと頷（うなず）く。そして私の足元に跪（ひざまず）いた。

「心配するな。シオンも言っただろう？　今のユフィリアは一人じゃない。『ユフィリア・ラピス・フェルヴィティールを必ず護（まも）り抜く。始祖竜（エンシェントドラゴン）の直系であるエルフィン・カイセル・ストランディスタの名に誓って』な」

エルフィン様がそう誓った途端、彼の足元に複雑な紋様（もんよう）の魔法陣が現れた。そして、足元から光の蔦（つた）のように紋様（もんよう）が浮かびあがり、エルフィン様の体に巻きついていく。

これ、まさか――？

そう思ったのも束の間、その紋様（もんよう）が私の体にも巻きついてきた。

「わっ……」

驚いてエルフィン様を見ると、彼は鎖骨に手をあて少し苦しそうな表情を浮かべて

いる。

「……っ、ん」

光が落ち着くと違和感がなくなったのか、エルフィン様はゆっくりとこちらに目を向けた。

「な、にを……！　ご自分がなにをしたのか分かっているのですか？」

目の前の光景に半ば呆然としていたシオンは、光が収束するなりエルフィン様の胸元をやや乱暴に開いた。

今のシオンには、不敬罪なんて言葉はすっ飛んでいると思う。エルフィン様も、咎める気はさらさらないだろうけど。

エルフィン様が今行ったのは、かつてシグルドが私に対して誓った「誓約」の魔術版にあたる。誓約した者が一方を主として定め、命を賭して護ることを誓うのだ。

魂に刻みつける類の術なので、誓いを立てて成功したが最後、死ぬまで二度と解呪することはできない。

すると、それまで沈黙を保っていたエドガーさんがシオンへ声をかけた。

「シオン。どうか殿下を責めないであげてください。殿下とて、軽はずみな気持ちでやったのではないと、あなたが一番よく分かっているはず。ユフィリア嬢や、あなた、そしてなにより、命を懸けたミライさんの覚悟に報いるため——殿下は覚悟を決められたのですよ」

「……っ、突然のご無礼、申し訳ありませんでした、殿下……」

エドガーさんの言葉を聞いたシオンは、不承不承といった様子で、その手をエルフィン様から離した。

「気にするな。私がお前の立場だったとしても、同じことを思っただろうからな」

緩く首を横に振るエルフィン様の横で、シグルドとルティウスが次々に声をあげる。

「狡いぞ、エルフィン。オレだって、魔術の訓練で許可がおりれば、すぐにやるつもりだったのに」

「……これはなにがなんでも姉上の『破滅フラグ』とやらは折らないといけませんね？」

シグルドの反応はまあ、予想どおりだけど、ルティウスの言葉は聞き逃せなかった。

軌道修正、頑張ろう……と私は改めて決心するのだった。

「ね、ユフィリア」

「ん？　なんですか、未來さん」

「エルフィン殿下って凄いわね。子供のように見えて、とっくに覚悟を決めていたのね」

「……うん、そうだね。——未來姉さん」

もうほとんど消えかかっている未來さんは、エルフィン様たちのやり取りを眺めながらそう口にした。

そんな彼女に私は小さく笑いかけて、初めて「姉さん」と呼ぶ。

「っ！　……ふふ。最期に念願叶ったわ」

未來姉さんは、軽く目を見開いたあと心底嬉しそうに破顔した。

「いろいろあったけど、楽しかった。苦労もしたけど、それ以上の幸せをもらったわ。幸せになってね、ユフィリア、シオン。ワタシの大好きな弟妹たち――」

そう口にした直後、一際強く光が瞬き、未來姉さんの体は光の粒子となって消えた。

「おやすみなさい、未來姉さん。せめて、安らかに眠ってね」

私はそっと目を閉じ、そう呟いた。

エピローグ

あれから九年の月日が流れた。

荷物の整理をしていた手を止めて、私はこれまでの月日に思いを馳(は)せる。

魔術師団長による直々の魔術の手解きと、エルフィン様がシオンから引き継いだ例の施術が効を奏(そう)し、この九年の間で私は足を動かせるようになっていた。

これで「破滅フラグ」のために動けると喜びのあまり、側にいたエルフィン様にうっかり抱きつき、『魔力喰い(マジックイーター)』込みの深いキスをいただくはめになったのも今となってはいい思い出だ。

エルフィン様は、私との「誓約」を結んで以降、人と関わる努力をするようになった。

相変わらず「完璧王太子(パーフェクト)」ぶりを発揮しているけどね。

それまでは敬遠していた夜会などにも出席し、拙(つたな)いながらも社交に前向きになっている。

以前は、『魔力喰い(マジックイーター)』のせいで積極的になれなかったのだろうけど、今は完璧に制御できるようになったので、自信もついたに違いない。

それに比例するように、寄ってくるご令嬢も多いみたいだけど、そこだけは冷たく一蹴しているようだ。

優しくするのは初対面の挨拶時のみ、らしい。

私としては嬉しいような、それでは駄目なような……と複雑な気持ちだ。

背丈もずいぶん伸びた。今では、私の方が頭一つ分くらい負けている。ちなみに、彼がリボンで纏（まと）めていた髪を、ばっさり切って短髪にしたのはつい最近のことだ。

ルティウスは、エルフィン様の補佐をしつつ、ハルディオン公爵家にて情報収集を続けている。

武術はエルフィン様やシグルドには劣るものの、なかなか筋はいいのだそうだ。ただ、やっぱり「竜の血が知力に特化」しているからか、勉学の方が得意な模様。

体の成長に伴って、シスコンもパワーアップしたように見えるのは気のせいだと思いたい……

あと腹黒さを身につけてしまったようで、寄ってくる人たちの弱味を握（にぎ）りまくっているのだとか。

ルティウスは一体どこに向かおうとしているのだろう、と真剣に悩む今日この頃だ。

シグルドは相変わらず脳筋なままである。

ただ、本人の努力が実り、昨年見事にシンフォニウム魔法学院に首席で合格した。学院では爽（さわ）やかで実直な騎士なんて持てはやされているようだ。

……単になにも考えていないだけだし、ストレートにものを言いすぎるだけだとは誰も気がついていないらしい。

体は成長しても、残念ながら脳筋は治らなかったみたい。

そうそう。私より一足早く成人したシグルドは、「待ってました」とばかりに、私に正式に忠誠を誓った。しかも魔術版の、だ。

本能で動く彼の行動は本当に予測がつかなくて、無自覚に「破滅フラグ」を叩き折ってこようとするのでいつも気が抜けない。

そしてシオンは今、シンフォニウム魔法学院の最終学年だ。

卒業後の進路は、見識を広めるため教師を目指すとか。

ちなみに成績は学年で断トツのトップを維持している。さすがに評判はエルフィン様には劣るらしいけど。

「身分だけはゲームどおりにした方がいいでしょう？」と長期休暇で帰省した際、エルフィン様に言っていたのを先日こっそり聞いてしまった。

そこをいやに強調しているあたり、シオンも私の破滅フラグを折る派なようだ。

その時は、味方が一人もいない……！　と戦慄したわ。

いやまあ、冷静に考えて「自ら破滅します！」と言われて、「はい、そうですか」って納得する人がいるわけないけど。


こうしてみると、ゲームどおりの性格や関係性の攻略対象者が一人もいない。

この九年間、私の破滅への道はことごとく阻害されてきた。

私やシオンに前世の記憶があることは仕方がないとしても……他の三人に関しては、「ヒロイン」と関わることで、シナリオどおり変わっていくはず、だよね？

一抹の不安を抱えつつ荷造りを終え、私は一息つきながら思った。

それでも、私はエルフィン様や他のみんなのために、なんとしても破滅しなくてはならない。

もうすぐ『スピ愛』のゲームの舞台、シンフォニウム魔法学院へ入学する。

その時、私はゲームのユフィリアのように、みんなから嫌われて断罪されるべく、「ヒロイン」へ嫌がらせをしなければならない。

エルフィン様に嫌われ、見限られる――そう思った瞬間、胸の奥が痛んだのはきっと気のせいだろう。

この気持ちに、意味をつけてはいけないいんだから。

そうなったら、「ヒロイン」への嫌がらせに迷いがでて、失敗してしまうかもしれない。

そしてそれは、「エルフィン様の破滅」に繋(つな)がってしまうかもということを肝に銘じなくちゃね。

たとえ今までが私が知っている『スピ愛』の設定と異なるとしても、本番は学院入学後のこれから！

そう、これからいかようにも軌道修正できるわ！

諦(あきら)めちゃ駄目よ、ユフィリア！

そして、私は拳(こぶし)を宙につきあげる。

何度目になるか分からない決意を固め直し、私は自室をあとにした。

番外編

今度は一緒に

未來姉さんが亡くなって一年の月日が流れた。

今日は未來姉さんの命日のため、彼女が生前借りていた部屋へ花束を持って訪れることになっている。

まだ歩けないため、エドガーさんが私を抱えてくれた。

魔力制御の訓練と周囲に漂う「マナ」を取り込む施術の効果が出始めたようで、少しずつだけれど、魔力が足に流れるようになってきている。

以前はシオンがこっそり私の体内にマナを注いでいたそうだけど、『魔力喰い』を制御できるようになってからは、その施術をエルフィン様が引き継いだのよね。

けれど、エルフィン様が私に施術してくれるようになって、気になることがある。

それは、シオンの時にはなかった、こそばゆいような、奇妙な感覚がすることだ。

なんなんだろう、あれ。

余談だが、マナを注ぐ施術を引き継いだ時、エルフィン様はシオンから疑いの眼差し(まなざ)を向けられたらしい。

シオンいわく、「施術中によからぬ思いを抱くのでは？」とのことだったそうだけど。

あらぬ疑いをかけられたエルフィン様は、「失礼な。婚前にそんな邪(よこしま)な思いを抱くわけがないだろう」と不満げだった。

シオン？　私とエルフィン様は、まだ十歳にもなってないのよ？　いくら婚約者同士とはいえ、さすがに年齢的にあれだからね？

話は変わるけど、生前、未來姉さんはシオンに『スピ愛』の攻略情報を教えていたらしい。

まあ、シオンは前世も男の子だったし、乙女ゲームなんてやったことないよね。

そしてシオンはそれを、案の定エルフィン様に話してしまったようなのである。

つまりエルフィン様は、私が意図的に言わなかった情報も全て知っている、ということだ。

なんてこったい……私の優位性がなくなったじゃん、と盛大に焦った。

今のところ、私が出会った攻略対象は、エルフィン様、ルティウス、シグルド、シオンの四人だ。

たしかあのゲームは、隠しキャラもいた。まだ会っていないのはその隠しキャラのみ。

できればエルフィン様とヒロインのハッピーエンドを目指すのはもちろん、攻略対象全員の幸せのためにも、彼との出会いはシナリオどおりに進めたい。

……すでにエルフィン様を含めた四人と会って、なに一つ思った方向に行ってないけど。

そんなことを考えているうちに、気づけば未來姉さんの部屋の前に着いていた。

未來姉さんの部屋を訪れるのは、エルフィン様、ルティウス、シグルドも一緒だ。

シオンは『先に行って掃除をしておきます』と言っていたので、もう部屋にいるだろう。

ちなみに、未來姉さんの葬式は魔術師団にて隊葬という形になった。

その際、魔術師団全員が参列していたのには驚いた。それは未來姉さんが、彼らに受け入れられていたことに他ならなかった。

皆、自分の命を懸(か)けて私を助けることを選んだ未來姉さんの姿に、胸を打たれたらしい。

それを聞いた時、私は嬉しさと悔しさから、涙が溢(あふ)れて止まらなかった。

嬉しさは、それほど私へ愛情を向けていてくれたこと。

悔しさは、彼女の命を犠牲にすることしかできなかったこと。

それでも私は、「自分のせい」だと口にしなかった。

だってそれを言ってしまったら、未來姉さんが命を賭して護った私を、つまり未來姉さん自身をないがしろにしたのと同じだから。

部屋の扉の前で、エドガーさんに立ち止まってもらった。

私は頭をさげ、扉の前で黙祷する。

この部屋が、未來姉さんのお墓みたいなものだとみんな思っているからね。

私は、祈りを捧げながら未來姉さんのことを思い起こした。

未來姉さんは一言でいえば、マイペースな人だったと思う。

それでいて、陰ながら不器用な愛情を注いでくれた人でもあった。それは前世でも、ほんの少しの間しか話せなかった今世でも同じだ。

前世の自分のことを、彼女は親の庇護なしには生きられない甘ったれだと言っていたけれど、私はそうは思わなかった。

むしろ表向きは従う振りをしつつ、いつも私を気にかけてくれた優しい人だもの。

衰弱死するくらい愛情に溢れた人だったからこそ、今世では私を護るために命を、その人生を懸けたのだ。その選択が、どれだけ自分の寿命を縮めるものだとしても。

自身の死の間際でさえ、彼女の口から出たのは、私やシオンを気遣うものばかりだった。

そして、自分の命が消えかけている恐怖を微塵も感じさせず、最期の瞬間まで笑みを浮かべていたのだ。

たぶん、自分が死んでも悲しみだけが残らないように、あえて明るく奔放(ほんぽう)に振る舞っていたのだと思う。

惜しむべくは、話す時間がわずかしかなかったことだろうか。

それでも最期に分かり合えてよかった。

私が「姉さん」と呼んだ時の、彼女の嬉しそうな笑顔が、今でも脳裏にしっかりと焼きついている。


一年ぶりに訪れた未來姉さんの部屋は、相変わらず植物で溢(あふ)れていた。

……というか、ここの植物、枯れるどころかむしろ増殖してない？

エルフィン様たちも、私と同じように思ったようで。

「以前はここまでじゃなかったはずだが……」

「さすがに視界を覆(おお)い尽くすほどじゃありませんでしたからね」

「シオンの奴、ここの植物たちの世話もしてんだろ？　そのせいじゃないのか？」

エルフィン様の言葉に続くように、ルティウスとシグルドが順に口を開いた。

うーん……それにしたって増えすぎな気がする。

まるで、他にも要因があるような……

植物を掻き分け部屋の中心まで来ると、祭壇のようなものの前に佇むシオンが姿を見せた。

私たちがやってきた気配を察してか、彼は顔をあげてこちらを振り返る。

「……皆さん、いらっしゃったんですね。ちょうど掃除が終わったところでした」

シオンがすっとその場を移動すると、そこに置かれていたものに私は目を奪われた。

なんと未來姉さんの遺影があったのだ。

祭壇があるのはまだ分かる。この世界でも木と布があれば作れるものだから。

しかし、写真となると話は別だ。

精密機器などが発達していないこの世界で、カメラを作る技術があるとは思えない。

不思議に思ってシオンに尋ねると、答えをくれた。

聞くとこの写真、未來姉さんのアイデアで魔術的要素を盛り込んで作られた写映機で撮影したものだそうだ。

彼女の遺影として使われたものは、試写した時の写真だそうだ。

……どうやら未來姉さんなりに今世を謳歌していたらしい。

驚愕する私とは裏腹に、エルフィン様は落ち着いたものだった。

よくよく考えれば、その手の報告を王族であるエルフィン様が知らないはずはないか、と私は一人納得した。

「ああ。大勢で押しかけてしまって、彼女にとって迷惑でないといいのだが」

「それは大丈夫ですよ。姉さん、寂しがりなところがありましたからね。むしろ、こんなに来てくれたんだ、と喜びます」

シオンは控えめだけど嬉しそうに微笑んだ。

しかし、どこか多少無理して笑っているふうにも見える。

……未來姉さんが亡くなってから、まだ一年だものね。

前世でも今世でも、彼女との関わりが深かったシオンは、まだ気持ちの整理がつかないのだろう。

前世と併せても思い出の少ない私ですらしんみりしているのだ、シオンの胸中は容易に想像がつく。

シオンの内心を悟ったのはエルフィン様も、私と同じ考えだったようだ。

「シオン、無理はするな。泣きたい時は素直に泣けばいい。ここには隙を見せても、そこを突くような者はいない」

シオンは、エルフィン様のその言葉にわずかに息を呑み、緩く首を振った。

「っ、……はは。駄目、ですね。もう、一年になるのに。ここに来ると……」

だんだんと涙声になるシオンの声は、尻すぼみに消えていった。

私はちらっとエドガーさんに視線を送り、祭壇の側に寄ってもらう。

シグルドがそっと椅子を置いてくれたのに礼を言いつつ、祭壇に花を供えた。ルティウスは頼んでおいたお菓子を置いてくれる。

ルティウスが供えたのを確認すると、全員で手を合わせ、目を閉じた。

そして、そっと天国にいる未來姉さんに語りかける。

未來姉さん……私、シオンが羨ましく思ったの。

だって、姉さんとの思い出が一杯あるんだもの。

姉さんの魂が消えずに残っていて、もしまたこの世界に生まれ変わったら、今度は沢山姉さんと一緒にすごしたいな……

そう少し長めの祈りを捧げ、目を開いた瞬間だった。

突然、未來姉さんがかつて横たわっていたベッドの近くで、光が放たれたのだ。

「——!? な、なに!?」

「ユフィリア!」

あまりに眩しい光に、思わず目を閉じると、焦ったようなエルフィン様の声が聞こえた。

次の瞬間、私は彼によって抱えあげられその場から離れた。

ついでエドガーさんとシグルドが私たちを庇うように前に出る。

ルティウスが私のドレスの裾を握りしめているのが目を閉じていても分かった。

程なくして、光そのものは落ち着いた。

「っ……？　え!?」

うっすらと目を開けた私は、息をするのも忘れるほど驚いた。

何故なら、光を発していた場所の中心に、珠のようなものが浮いていたからだ。

かなり衝撃を受けたけれど、怯えはしなかった。

というのも、その光の珠から嫌なものを感じなかったからだ。ただ、奇妙であることには違いない。

一同が目を奪われていると、その光の珠は、あっちへふらふらこっちへふらふらと漂い始めた。不思議とその行動からこの光の珠の意思が感じられる。

……えーと。何がしたいのかな、この光の珠。

じーっと光の珠が浮遊する様子を眺めていた時、突然、光の珠が私へ突撃してきた。

「きゃっ、――――え？」

反射的に目を閉じたけど、待てど暮らせど予想した衝撃を感じない。

恐る恐る目を開けると、光の珠(たま)は私の周囲を旋回(せんかい)していた。

「ユフィリア！　……？」

「……これは一体？」

「なんだ、こいつ？」

「なにが起こって――？」

エルフィン様、ルティウス、シグルド、シオンの順に、みんな戸惑いを含んだ言葉を口にする。

私たちが困惑する間にも、光の珠(たま)はふよふよと私に寄り添うように漂(ただよ)っている。

……なんでだろう？　この光の珠(たま)を見ていると、胸の中が懐かしい気持ちになる。

なにより、この光の珠(たま)が放出している魔力に覚えがあるのだ。

まさか――

頭に浮かんだ一つの可能性に、鼓動が速まっていくのを感じる。

「……未來、姉さん？」

私がぽつりとそう呟(つぶや)いた瞬間、光の珠(たま)が私の声に反応するように震えた。

その震えの振り幅がだんだんと大きくなっていき、再び強く発光し始めた。

「きゃっ――！」

光の珠の目の前にいた私は、小さく悲鳴をあげ目を閉じた。

眩しいっ！　さっきから一体なんだというの……？

今度の発光は先ほどより長く続いた。

次第に光の強さが落ち着くのを瞼越しに感じたけれど、私はまだ目を閉ざしたままだった。その時――

ぽふん、という効果音というか、感触がした。

なにか柔らかいものが、エルフィン様に抱えられた私の上に乗ったようだ。

不思議に思いそっと目を開いてみると、そこにいたのは――

「くるる」

「……フクロウ？」

「……のようだな」

私とエルフィン様はきょとんとした顔で、目の前に現れた物体を見つめる。

そう。そこにいたのは、白い羽毛のフクロウだった。

雛ではなく、成体に近い感じだ。よく見ると、羽毛は完全な白色というわけではなく、翼の先や目元が薄緑である。そして瞳は翡翠のような鮮やかな翠色で、とても美しい。

「っ！　白い羽毛に翠の瞳……まさか」

私が感じたものをシオンも同様に感じ取ったみたいだ。

「くるる」

フクロウは一声鳴くと、甘えるように私にぐりぐりと自身の体をすりつける。

「この子、まさか本当に――未來姉、さん？」

「くるっくー！」

私の言葉を肯定するかのように、フクロウは力強く鳴いた。

「エルフィン殿下、このフクロウは精霊のようですが」

「ああ。そうだな……よもや、今度は精霊として生まれ変わってくるとはな」

目を丸くするルティウスに、エルフィン様は苦笑しながら返答した。

シオンはフクロウが未來姉さんと発覚してから、口をぱくぱくとさせている。突然のことに虚を衝かれ、なんて言ったらいいものか、といったところだろうか。

「エルフィン様。この子もとい未來姉さんをどうしましょう？」

「とりあえずは父上と魔術師団に報告すべきだろうが……ユフィリアさえよければ、お前の側に置いておいてやるといい」

シオンの問いに対して、エルフィン様が私に提案した。

「ボクからもお願いしていいでしょうか。ユフィリア嬢の側を離れないところを見るに、彼女もそれを望んでいると思いますし」

エルフィン様の言葉に続くようにシオンがそう言ったけれど、私としてはもとよりそのつもりだ。さっき祈りを捧げた時に願ったことが、瞬く間に叶ったのだ。

自然と顔が綻ぶのが自分でも分かった。

「今度は一緒、だね？　ミラ」

満面の笑みを浮かべてフクロウに話しかける私に、エルフィン様は不思議そうに尋ねる。

「ミラ？」

「この子の名前です。さすがに前世の頃のままじゃあんまりかな、と思って。だから……ね、ミラ？」

ミラに問いかけると、彼女は嬉しそうに羽をばたつかせた。

「くるっくー！　くるっくー！　くるるるる♪」

そして私の腕から飛び立つと、天井をぐるぐると旋回し始める。

「気に入ったようだな、お前のつけた名前」

「はい！」

未だに飛び回り続ける未來姉さん――ミラを眺めながらそう話すエルフィン様に、私は笑顔で返事をした。

なにはともあれ、フクロウ精霊ミラが私たちの仲間としてくわわることとなった。

まあ、当たり前のことなのだけど、ミラも私の破滅フラグを折る気満々なようだった。

それを示すように、全身で棒を折るような動作をしていたからね。

彼女の場合、言葉が分からない分、どう妨害されるのか予測がつかないのが悩みのタネだ。

とはいえ、これからずっとミラが側にいてくれるのだと思うと、私の頬は自然と緩んでいくのだった。

未來姉さんもといミラとの再会後、数年の時が流れた。

短距離とはいえ、私はわずかに歩けるようになってきている。

そしていつもの日課となった雑談をしていた時、エルフィン様がふと思い出したように私に告げた。

「ユフィリア、例の施術をやるから、ベッドに横になってくれ」

「え？　今は調子がいいし、まだ必要ないんじゃ……」

マナを補充する施術は、以前と比べて回数は減り、今では一週間に一度くらいの割合となっている。

半分精霊と化している私には、必要不可欠なものなのは分かるのだけど……その時に体感するあのなんとも言えない感覚に私は慣れずにいた。

慣れたら慣れたで別の問題が生じるような気がするけど。

「自分では気がついていないのだろうが、今日のお前は普段と比べて顔色が悪いぞ。私はただ、お前のことが心配なんだ……もうあの時のような思いはしたくない」

エルフィン様は沈痛な面持ちでそう言うと、優しく私の頬に手を添えた。

あの時、とは私が魔力暴走を起こした時のことだろう。

「エルフィン様……。分かりました。お願いしてもよろしいでしょうか？」

「っ！　あ、ああ！」

私の言葉を聞いて、エルフィン様の表情がほっとしたものに変わる。

余程心配をかけてしまっていたようだ、と私は申し訳なさから眉尻をさげた。

獣人の少女だった頃のミラの助けがなければ、なす術もなかったあの絶望を、エルフィン様は二度と味わいたくはないのだろう。

今思い返しても辛い出来事だ。

私は素直に応じることにした。

◇◆◇

ユフィリアを抱え、私――エルフィンは彼女の寝室へ足を踏み入れる。そして、そっと彼女をベッドの上に横たえた。

「いつもどおり、楽にしていてくれ。すぐすませる」

「はい……」

緊張した面持ちでユフィリアは短く答えた。その様子に私はふっと苦笑する。

まあ、アレに慣れろ、というのは無理があるからな。

私は、おもむろに彼女の頭に巻かれているリボンをほどいた。そしてリボンの下から現れた宝珠を、左手で覆うようにそっと触れた。

「んっ……」

宝珠から仄かに温かさを感じ、宝珠を遺していった光の精霊とユフィリアは、不思議な共生関係で結ばれているのだろうか、と思った。

そして私は気持ちを切り替えるように深呼吸をした。

目を閉じて周囲にあるマナに意識を集中させる。

右の掌(てのひら)にイメージどおりにマナが集まってくるのが分かる。その集めたマナを一度自分の体に取り込んだ。

「……っく……う」

マナを取り込んだ途端、体をゾクゾクしたものが這(は)い回る。いろんな意味でこれはキツかった。

私の場合、一度この工程を挟まないとユフィリアにマナを注げない。

というのも、大気中に分散したマナを体内で凝縮する必要があるからだ。

そうやってマナを補充しなければ、やっと動くようになってきたユフィリアの足がまた動かなくなってしまうだろう。

これまで何度も彼女に注いできたが、この工程は慣れることがないな……

私がこの施術を引き継ぐまでは、シオンがユフィリアにマナの補充を行っていたのだから、驚く。それも、ユフィリアにそれを一欠片(かけら)も悟(さと)らせることなく、だ。

シオンは余程上手くやっていたのだろうと思い、それとなく話を聞いてみたところ、

「ボクはそんなことありませんでしたよ？」とのことだった。

結局、何故私だけ、と首を捻(ひね)って終わったのだ。

だが、いずれにせよマナを集めてそれを他者に注ぐ行為は、簡単なように見えて、実

はかなり繊細に魔力を制御する力を必要とされる。

始祖竜の能力を覚醒させている私はともかく、若くしてそれを平然とこなせているシオンの才能がどれほどのものかはそこからも分かる。

「……ふっ」

体内に取り込んだマナによる独特の感覚が落ち着いたのを感じて、私はそっと息をついた。

そして今度はそのマナを、宝珠の触れた左手に移動させていき、そこから宝珠へ注いでいく。

「……っ、……ぁあ……ふぁ！」

ユフィリアの声がなんとも言えないものに変わり、私と同じような感覚を味わっていることが分かった。

その声に胸が波打つが、ここで変なことを考えようものなら、シオンに向けられた疑いの眼差しに対して反論などできなくなる。

そうして己と戦いながらマナをユフィリアに注ぐこと数十分。

もう充分だろうと思い、私は左手を離し、マナを霧散させた。マナの補充を止めてすぐに、ユフィリアの呼吸は穏やかなものに戻る。

「は……ぁ……エルフィン、さま……」

「少し眠るといい、ユフィリア。午後の予定は調整しておく」

「……は、い」

瞳を潤ませたユフィリアが小さく頷く。

少し時間を置いた方がいいだろうと思い、私はそっと彼女の瞼をおろした。

ユフィリアはそれに抗うことなく目を閉じ、すぐに眠りに落ちた。

ユフィリアが穏やかに眠る様子をしばらく眺めていたが、これ以上長居するのはまずいと思い、彼女の頭をそっと撫でると寝室をあとにした。

居間に戻ってくると、部屋の隅から咎めるような視線を向けられた。

誰なのか考えるまでもなく、その視線の主はミラだ。彼女専用に与えられた止まり木の上から、じっと私を見て——いや、睨んでいる。

「……くる」

「……お前がなにを言いたいのかは分かる。だがな、この施術はユフィリアにとってなくてはならないものだ。分かるだろう？」

「ぐるるるる……」

けたたましく鳴かないだけましなのだろうが、くちばしをかちかち鳴らしながら威嚇してくるその姿に、私は顔をひきつらせた。

「あのな……威嚇するんじゃない。私だって、ユフィリアにマナを注ぐためにあの感覚を味わっているんだぞ」

ミラとて、この施術の必要性は分かってはいるのだろう。それでも、なにかしら不満はあるようだ。宝珠の件が解決しない限り、このことは堂々巡りになることは分かっているので、私はため息をつきつつミラへの説得を諦めた。

シオンは自分がユフィリアにマナを注いでも、ユフィリアはなにも反応しなかった、と言っていた。

何故私たちの間だけ、こんなことになるのだろうか。

……というかこれ、学院に入学してからもやらなくちゃいけないんだよな。

私も、ユフィリアから魔力をもらう必要がある以上、避けては通れないことだしな。

理性が振り切れないように自制しなければ。

そんなことを考えながら、私は今後のことを思い頭を抱えるのだった。

書き下ろし番外編

フクロウ精霊ミラの『今日のトラブル』日記

～策を労さずとも、破滅フラグは勝手に折れていくものらしい～

しんしんと雪が降り積もる音がする。白い羽毛のワタシなんて、雪に埋もれたら景色と同化してしまうかもしれない。外の寒さとは裏腹に、室内は魔道具による暖房機能が働いているからか、常に適温に保たれている。この暖房器具だけではない。この屋敷には、洗濯や料理などの作業が楽になる魔道具が配置されている。試験的にこの屋敷に置かせてもらっているらしいこの魔道具たちは、近いうちに一般家庭にも広める予定だそうだ。ちなみにこれ、この姿に生まれ変わる前のワタシのアイデアをもとに、魔術師団の面々が頑張ってくれた成果だ。ワタシは満足げにそれを眺めて回っていた。

ワタシ――志岐森未來は、フクロウの姿をした精霊ミラへと生まれ変わりを果たした、「転生者」である。それを一言で語ることはできないけれど、転生に転生を重ねて得た今の幸せは、かつての自分には、想像もできなかったに違いない。

現在の姿へと転生を果たしてからの時の流れは早いもので、もう数年は経っただろうか。

「……ラ！　ミラ？　どこにいるの？」

——ああ。ワタシを呼ぶ、あの子の声がする。生まれ変わる前の、あの地獄のような日々の中でさえ失われなかった、温かな輝きを放つ魂を持った、あの子の声が。

あの子の声を聞いているだけで。ううん、それだけじゃない。あの子の側にいるだけで、心がぽかぽかと温かくなる。

前世はもちろんのこと、今世も、いつだってあの子の存在は弱虫なワタシに力をくれた。

だから。今度こそは、絶対に護り抜いてみせる。せっかくこれまでの記憶を持ったまま精霊に生まれ変われたのよ、その利点を最大限に活かさなければ。ワタシは、今は人の姿ならば握り拳を作るかのように、手羽を折り曲げてやる気をみなぎらせた。

ここに記すのは、ワタシ、フクロウ精霊ミラから見た、「ユフィリアと愉快な仲間たち（笑）」の観察記録である。

■○月×日　天気：晴れ

今日は気持ちがいいほどの晴天に恵まれた。こんな日は、日がな一日ユフィリアと一緒に日向ぼっこでもしながらお茶会なんていいかもしれない。

そうと決まれば、あの子を誘いに行こう。

……なんて思っていた時もあったわ。

結論から言うと、お茶会どころじゃなくなった。そしてシオンにしこたま怒られた。ワタシが。解せぬ。

なんで侍女を叱らないのよ。え？　本人が原因を理解できていないのに叱っても意味がない？　それでワタシが叱られる理由になるのだろうか。理不尽だと感じた瞬間だった。

ちなみにシオンというのは、ワタシやユフィリアの前世の弟で、今世は魔術師団の若きエース、セルシオンレクトス・ヴァランドーシュ・クレイシスの愛称である。長すぎる名前が本人的には不満らしい。

個性豊かで我の強い周囲の面々に振り回されつつも的確な指示でさっと解決していく

のに、なんだかんだ雑用を押しつけられがちな苦労人である。

え？　それでなにがあったのかって？

それはまあ、間違いなくユフィリアが関係している。

ああ、決してあの子が悪いってわけじゃないのよ？　もちろんワタシのせいでもないはずなんだけど。

強いていうなら、原因はとある侍女である。つーか絶対にあの侍女のせいだと思う。

別に侍女のことが気にくわないから、こんな言い方をしたわけではない。

あの侍女というのは、まだ満足に歩けないユフィリアの世話も含めた生活のあれこれを支える役目を仰せつかった女性のことだ。

ユフィリアの抱える事情は説明されておらず、精々知ってるのは、「足に障害のある貴族令嬢の世話をすること」くらいなものでしょう。貴族令嬢の世話役に抜擢される侍女なら優秀なのは当たり前で、気配りや話術にも長けていなければならない。特にユフィリアは特異な事情を抱えた少女だ。細心の注意を払う必要がある。実際問題、彼女――侍女のことだ――は、ユフィリアの世話役に選ばれるくらい優秀だった。「とある欠点」がなければ、非の打ち所のないと太鼓判を押せただろう。

そう。「とある欠点」さえなければ。ちょいちょいやらかすミスが、予想だにしない方向へ向かい、結果大事に発展していくという、トラブル体質でなければ。彼女に悪気がないのは分かるのだけど。

で、なにがあったかといえば、ユフィリアが例の「悪役令嬢になって断罪されるフラグ」を立てようと、あれこれやっていることに関係している。どうやら、侍女に紅茶を淹れさせて難癖をつけ、ワガママ娘だと悪い噂を広めたかったようだ。ところが、侍女はマジでマズイ紅茶を淹れてしまった。それも「砂糖と塩を間違える」という、典型的なミスで、難癖どころか割とガチの正当な抗議になったわけだが。……ここの侍女は、必ず一回は「砂糖と塩を入れ間違える」という呪いでもかかっているのだろうか。なんか前にも同じ失敗をした新米侍女がいたような気がしたのだけど。というかユフィリア、それ前にもやってうっかり好感度が上昇したものだったんだから、もう一度やっても同じ結果になるのは分かっていたでしょうに。

案の定、「自分が悪者のように振る舞うことで、失態を冒した侍女を庇った心優しいご令嬢」という評判が広まることになり、ユフィリアは「何でこうなったの!?」と頭を抱えていた。

あ。だからか、シオンに怒られたのは。ユフィリアが「悪役令嬢」をやる前に止めろと。でもこれ、止めない方がむしろ「心優しいご令嬢」になってるような気がするのよね。ゲームシナリオどおりに進みそうなときは、さすがにフラグを折らせてもらうけど。

■□月△日　天気：雨

今日はあいにくの雨模様だ。こういう日は、気分も塞ぎがちになりやすい。ユフィリアもそうなのか、窓を打つ雨粒の音を聞きながら空を眺め、ため息をついている。なにか気分転換になりそうなものはないかな……

……と、思っていたのだけれど、悩む必要はなくなった。

全身ずぶ濡れになってしまい、昼日中からお風呂に入るはめになったからだ。言わずもがな、ユフィリアが。そしてシグルドに土下座された。ワタシが。頭の中を疑問符が飛び交っていたくらい、理解ができなかった。『何故ワタシに土下座するのよ……！するならあなたの未来の主——むろん、ユフィリアのことだ——にしなさい！』と叫びながら——フクロウの姿なので、言葉が通じるはずもなく、くるっく、くるっくとけたたましく鳴いていただけだが——奴の頭を掘削するかのごとく、ドルドルしてやったワタシは褒められてもいいと思う。

シグルドというのは、ユフィリアの婚約者でこのストランディスタ王国の王太子エルフィンの幼馴染み、シグルド・フレイ・アーティケウスのことだ。見た目は爽やかイケメンなのに、その頭にはなにも詰まってないのか？　とツッコミを入れたくなるほど、清々しいほどに「脳筋」な少年である。

今回の一件は、雨で外に出られないのなら、足を動かすリハビリを兼ねて邸内の散歩をしようと移動中のユフィリアの前を、侍女が水の入った金魚鉢を抱えて歩いていたことに端を発する。

まあ、ここまで言えば誰もが察することはできるだろう。ご多分に漏れず、侍女は躓いた。その拍子に持っていた金魚鉢が宙を舞う。普通に考えれば、そのまま避けるだけでよかったのだ。実際、ユフィリアはぎこちない動きながらも、避けようとしていたし。そうすれば多少ドレスが濡れるだけですんだはずだ。

ただその時、執務が忙しいエルフィンの代わりに話し相手を買ってでたシグルドがいたことで、予期せぬ事態を引き起こした。

なにを思ったのか、シグルドはユフィリアの前に出ると、持っていた木刀で――なんで木刀を持ち歩いているんだ――金魚鉢を叩き割ったのだ。

水のたっぷり入っていた金魚鉢を叩き割ればどうなるか。そして、そんなことをすれば、その場にいる者はどうなるか。考えるまでもない。割れた金魚鉢に入っていた水が飛び散り、そうしてワタシたちは仲よく水を被るはめになったわけだ。

シグルドは騒ぎを聞きつけてやってきたエルフィン殿下の鉄槌(てっつい)——魔法で作りだされた、氷のハンマーのことで、比喩(ひゆ)ではなくマジの鉄槌(てっつい)だ——を食らっていた。

ちなみにこの一件が彼の父親だけでなく、「怒らせたらマジでヤバイ」と評判の彼の叔父にも伝わり、シグルドの魂が抜けかかるくらいお説教されたのは余談である。叔父にまで説教されると知ったときのシグルドの表情は、この世の終わりのような顔をしていたが。ぶっちゃけ自業自得である。

■☆月◇日　天気：雪のち晴れ

今日は深夜未明から降り続いていた雪が、庭一面を銀世界に変えていた。まだあまり動けないユフィリアだけど、しっかり防寒していけば、雪遊びくらいはできると思う。

前世では仲よしこよしな関係など築けなかった。けれど今世は目一杯仲よくしたい。さしあたっては、雪遊びにでも誘ってみよう。

……なんて思っていた時もあったわね。もはや何度目になるのかしら、この呟(つぶや)き。

今回はルティウスも怒られていた。ルティウス〝に〟ではなく、ルティウス〝も〟だ。お説教は例のシグルドの叔父だ。

怖かった……！　ほんっとうに怖かった……!!　超怖かった………!!!

当たり前だが、わざとではないし、こんなことになるとは思わなかったのだ。たしかに、今回ばかりは怒られても仕方なかったのだけど。

ルティウスのフルネームはルティウス・フォルト・ハルディオンといい、ユフィリアの今世での弟だった少年だ。「だった」というのは、ユフィリアがフェルヴィティール公爵家に引き取られて、家名が変わったからだ。それでも、ルティウスはユフィリアを「姉上」と呼んで慕っているけど。

話を戻して。何があったかというと。

一言で説明するならば、雪遊びが楽しすぎたのだ。貴族令嬢なんて、雪の中で転げ回るなんてはしたない真似はしないいし、そもそも、前世でだってそんな遊びはしたことがなかった。ワタシも、たぶんルティウスも、もちろんユフィリアも。遊ぶ時間も、遊んでくれる友達も、ワタシにはいなかったし。

だから、いつもは止められたはずの自制心の、ヒートアップしていくテンションの、歯止めが効かなかったのだと思う。

それは雪合戦をやっている時に起こった。雪だるまを作ったり、ワタシが入れるサイズではあるけれどかまくらも作ったりと、一とおり雪遊びを堪能し、今度は雪合戦をやろうということになった。よく考えてみれば、起こるべくして起こったというのかもしれない。だって、ユフィリアがあの侍女も誘ってたし。そう思っていたけど、今日のことはその場にいた全員に少なからず非はあった。

ただ、今回の騒動のあと、他の使用人たちとの話の中で、彼女は「いつものとおり、私の運が悪かっただけよ。でも、お嬢様をお護りできてよかったわ」と言っていたらしい。

で、事のあらましを説明をすると、雪合戦はユフィリアと侍女、ワタシとルティウスの組み合わせでやった。ルティウスの方が不利に見えるかもしれないけれど、ワタシは精霊だ。雪玉に魔力を込めて飛ばすなど、造作もない。それに、まだまだ未熟とはいえ、ここにいる子供たちも魔法を使えるのだ。ワタシと同じように雪玉を飛ばすくらいならできるし。ワタシは一度に飛ばしていい雪玉は、二つまでとハンデをつけられていたけど。でないと、ユフィリアたちに対して平等じゃないからね。

初めの頃はよかった。ユフィリアとルティウスは、きゃっきゃとはしゃぎながら、雪玉を投げ合っていた。

ところが、みんな夢中になっていたからか、だんだんと投げる雪玉のサイズが大きくなっていっていた。ユフィリアも、こんなふうに遊ぶなど初めてのことだったからか、魔法で雪玉のサイズを変えながら投げだした。負けじと、ルティウスも雪玉を魔法によって大きくしながら反撃していた。

事はこの時に起きた。ルティウスの作った雪玉が、思いの外巨大になっていたのだ。ルティウス本人も、飛ばしてから「やり過ぎた」と気がついたようだ。前に視線を向けると、ユフィリアと侍女は顔を青褪めさせていた。ユフィリアはまだ機敏に動けないし、侍女とて、ユフィリアを抱えて回避するほどの腕力はない。このままでは、当たったユフィリアがどんな怪我を負ってしまうだろうか。想像したくもない……！

そうは思ってもとっさの行動が取れなかったワタシをよそに、侍女の決断は速かった。魔力を固めて作った氷塊——侍女はエルフィン殿下と同じ氷属性だった。加護は精霊の方だけど——をぶつけて雪玉を破壊したのだ。粉々に砕けた雪が、二人に降りかかる。この時、侍女はユフィリアに覆い被さるような体勢で、彼女をしっかりと抱きしめていた。

このあと、半狂乱になりながらもルティウスが助けを呼びに行き、雪に埋もれた二人をなんとか掘りだした。結界が張られていたお陰で、二人は怪我どころか凍傷すらなかった。

一つ問題だったのは、「この結界を誰が展開したのか」ということだった。魔力残査を調べていたシオンが「この結界、地属性ですね。一体誰が……」と呟いていた。

ワタシは、まさか、と思った。冷静になって考えてみれば、あの時、あの場に地属性の魔法が使える者はいなかった。となれば。

地属性で、あの場にいた誰にも気配を悟られずに接近して結界を張り、瞬時に離脱できる実力の持ち主。

「(そんなの、精霊しかいないじゃない……！)」

そういえばあの時、動物の鳴き声が聞こえたような……？　精霊には人型にも動物型にもなれる高位精霊が何柱か存在する。おそらくは、その高位精霊が結界を張ったのだろう。

もしそうなら、該当する者は限られる。というより、一柱しかいない。

ユフィリアたちがシンフォニウム魔法学院に入学してから出会うことになるはずの、あの精霊。気配すら断っていたということは、どうやら「彼」は、今ワタシたちと接触する気はないらしい。

気にはなったけれど、本人に会う気がない以上、こちらからアクションを起こすわけにはいかないわね。

りいる。

■◆月★日　天気：晴れ時々犬

いる。間違いなくいる。試しに目を閉じてみる。しばらくして目を開いたら、やっぱりいる。

いやなにがって、犬が。しかも、不自然なほどずっとこちらをガン見している。え？天気がおかしい？　だって、晴れ間が見えるのと同じくらい、犬が視界に入るんだもの。

しかもあれ、精霊だ。

ワタシの気のせいでなければ、あの犬、先日の一件の精霊ではなかろうか。どうしようか。こちらが顔を向けるとふっと姿が消えるから、見つかっていないと思っているようなんだけど。気分は某ゲームの幽霊を相手にしているようである。ただ単に、存在を希釈化させてるだけなんだけど。

先日の雪合戦の、生き埋めになりかけた騒動から一ヶ月ほど経った頃。

あの一件のあと、ワタシとユフィリアとルティウスは、『心配させた罰として、自室で一ヶ月間おとなしくしていること』と言われた。侍女の方は、二ヶ月の減俸だそうだ。仕えている家の令嬢であるユフィリアを危険な目に遭わせてしまったのに、それだけの軽い罰ですんだのは、誰も怪我をしなかったことと、フェルヴィティール公爵夫妻が

『これだけ盛大な失敗をしたのだから、もう危険な行為をしないよう、慎重になるでしょう。子供たちにもいい薬になったのですから、あまり咎めないでやってほしい』と、屋敷の使用人たちや、エルフィン殿下に取りなしてくれたからだ。

ユフィリアとしても、助けてくれた侍女を路頭に迷わせたくはなかったようで、『解雇されずにすんでよかった』と、侍女と一緒に喜んでいた。

話が逸れたわ。犬の話だったわね。あれから件の犬は、かなりの頻度でユフィリアの様子を窺いに現れるようになった。この間なんか、例の侍女があの犬を撫でまわしているのを見た。

いやいや。なにをしてるのかしら、あの侍女。そして犬。あなた、誰にも見つかりたくなかったんじゃなかったの？　撫でられて至福の表情してる場合じゃないでしょ!?

どうやら、侍女の例のトラブル体質の被害を受け、希釈化が解けたらしい。しばらく撫でられていた犬だけど、はっ！　と我に返ったらしい。だっとその場から走り去っていった。途中途中で、名残惜しげに侍女のいる場所をチラ見しながら。……なにやってるのかしら、あの駄犬。

後日、庭の片隅で再び侍女に撫でられている犬を発見。もう姿を希釈化させるのは諦めた模様。いくら姿を消しても、侍女のやらかすミスで、徒労に終わるからでしょうね。

あの犬、学院に行ってからもあんな感じなのかしら。侍女のせいだけではなくて、あの犬自身もドジっ子気質のようだ。ユフィリアに害が及ばない限り、傍観に徹した方がいいかも。

　これまで、ワタシが見聞きしてきた話を書き記してきたけれど、本当にユフィリアを取り巻く環境は、いろいろな意味で騒がしい日常に溢れている。

　侍女がやらかすミスも、ひとつひとつは極々些細なものだ。誰だって、一度や二度はやってしまう程度のもの。そして幸か不幸か、いい方向へいくこともあるため、一概に面倒な体質だと断ずることもできない。

　そしてユフィリアが悪役令嬢をやろうとしていなくても、騒動が起こり、ユフィリアの評価があがっていく……の繰り返し。ユフィリアはそのたびに、「こんなはずじゃなかったのに」と、なんとも言えない顔をしている。ワタシやエルフィン殿下には願ってもない結果だけどね。

　この騒がしくも微笑ましい日常が、少しでも長く続いてほしいと思う。ユフィリア自身が、自分の幸せを願ってほしいとも思う。だって、あの子には今度こそ、幸福な一生を送ってほしいもの。

そう思いながら、ワタシはワタシを呼ぶユフィリアのもとへと羽ばたいていった。

本書は、2019年4月当社より単行本として刊行されたものに書き下ろしを加えて文庫化したものです。


この作品に対する皆様のご意見・ご感想をお待ちしております。

おハガキ・お手紙は以下の宛先にお送りください。

【宛先】

〒150-6008 東京都渋谷区恵比寿4-20-3 恵比寿ガーデンプレイスタワー 8F
（株）アルファポリス　書籍感想係

メールフォームでのご意見・ご感想は右のＱＲコードから、
あるいは以下のワードで検索をかけてください。

ご感想はこちらから

RB

レジーナ文庫

悪役令嬢らしく嫌がらせをしているのですが、
王太子殿下にリカバリーされてる件

新山さゆり

2022年5月20日初版発行

文庫編集－斧木悠子・森順子
編集長－倉持真理
発行者－梶本雄介
発行所－株式会社アルファポリス
〒150-6008 東京都渋谷区恵比寿4-20-3 恵比寿ガーデンプレイスタワー8階
TEL 03-6277-1601（営業）　03-6277-1602（編集）
URL https://www.alphapolis.co.jp/
発売元－株式会社星雲社（共同出版社・流通責任出版社）
〒112-0005 東京都文京区水道1-3-30
TEL 03-3868-3275
装丁・本文イラスト－左近堂絵里
装丁デザイン－AFTERGLOW
（レーベルフォーマットデザイン－ansyyqdesign）
印刷－中央精版印刷株式会社

価格はカバーに表示されてあります。

落丁乱丁の場合はアルファポリスまでご連絡ください。

送料は小社負担でお取り替えします。


ISBN978-4-434-30316-6 C0193